ISBN, 978 374 819 96 747

Cover und Illustration: **Lilo Schmitt**

Textgestaltung: **Sieglinde Fürstenberg**

Herstellung und Verlag: **BoD – Books on Demand,** Norderstedt

Für Siegfried und Sabine

und in memoriam Arnold

Für persönliche
Widmung

Heike Weisser

# DER KLEINE ENGEL
## oder
# DIE REISE IN EINE ANDERE DIMENSION

Ein metaphysisches Märchen

# Vorwort

Wie komme ich dazu, ein Buch über Engel oder, besser gesagt, über die Engelwelt zu schreiben? Gibt es nicht schon genügend so genannte „Esoterik-Literatur"?

Dazu möchte ich sagen, dass ich mit dem Begriff „Esoterik" manchmal so meine Schwierigkeiten habe. Allein darüber könnte man ein ganzes Buch schreiben. Hier nur so viel: Der Begriff Esoterik ist ziemlich verwässert.

Ursprünglich der Theosophie entsprungen, gemeint als das Wissen des Inneren Kreises, etablierte es sich später zu einer Art Geheimwissen, was ihm eine elitäre Färbung verlieh, weil es den Normalsterblichen davon ausschloss.

Da etliche Jahre Ausbildung mit einem strengen Auswahlverfahren nötig waren, sich diese Kenntnisse anzueignen, ist es nicht weiter verwunderlich, wenn der „Normalbürger" zu diesem Kreis kaum Zutritt hatte.

Nun ist es ein zutiefst verankerter Zug im Menschen, dass er, wenn er über ein Wissen verfügt, zu dem nicht jeder Zugang hat, Gefahr läuft, auf seine Mitbürger Macht ausüben zu wollen. Wir finden dies in den verschiedensten beruflichen Kreisen und Innungen, gerade bei Menschen, die über das Wohl von Leib, Seele und Leben der anderen zu entscheiden haben.

Allerdings, je aufrichtiger die Gesinnung eines Menschen ist, umso weniger wird er die Tatsache ausnutzen, sein Wissen in Macht umzusetzen.

Heute neigt man dazu, alles in die Esoterik hinein zu packen, was nicht gleich mit dem Verstand und den fünf Sinnen erfasst werden kann. Unter anderem werden alternative Therapien wie Akupunktur, Homöopathie, bis hin zur Psychotherapie in die Schublade „Esoterik" gepackt.

Aber um auf die Anfangsfrage dieses Kapitels zurückzukommen: Warum eine Geschichte über Engel,?

Bereits als Kind dachte ich mir Geschichten aus, die mit Feen und Engelwesen zu tun hatten. Da mir dies wesentlich mehr Freude machte, als die Hausaufgaben für die Schule zu erledigen, wurde es von meiner Familie mit gemischten Gefühlen betrachtet.

Allmählich versickerten diese Fantasiegeschichten in meinem Unterbewusstsein. Sie wurden erst Jahre später wieder durch verständnisvolle Lehrer geweckt, die mich auf meinem Ausbildungsweg begleiteten und mir halfen, meine Sinne und mein Herz für diese Art Geschichten wieder zu öffnen und meine Antennen dafür auszubilden.

Ich hatte das Glück, wunderbare Lehrer zu haben und wurde genau zu denen geführt, die mich zu dem jeweiligen Zeitpunkt ein gutes Stück weiter bringen konnten.

Ich möchte hier die wichtigsten aufzählen in der Reihenfolge, wie ich sie kennen gelernt habe.

Einige haben ihren physischen Körper schon verlassen, mein Dank und meine liebevolle Sympathie lassen sie für mich immer wieder gegenwärtig erscheinen.

Meiner Schwägerin und Freundin Bärbel Schachenmayr verdanke ich es, dass ich den Yoga-Weg einschlug. Hier begleitete mich neben Horst Heigel, der mir mit seinen tiefgehenden Meditationen ein wichtiges Stück auf diesem Weg zeigte, die legendäre Elisabeth Haich, die ich kennen und schätzen lernen durfte, als sie schon die Mitte Achtzig überschritten hatte. Durch ihre intensiven

Visualisierungsübungen eröffnete sie uns ganz neue Perspektiven.

Ihr beruflich zur Seite stand Selvarajan Yesudian, ein indischer Yogalehrer, dem durch die Grazie seiner Bewegungen und den feinen Humor, mit dem er seine Stunden würzte, unsere Herzen zuflogen.

Ein weiterer wichtiger Lehrer war für mich Prof. Josef Seifert, bei dem ich an der Universität München einen Vorlesungszyklus über den metaphysischen Gottesbeweis hörte.

Diese Sichtweisen regten mich an, mir Fragen über die Ursache aller Ursachen zu stellen.

Den Einstieg in die Kabbala verdanke ich dem kabbalistischen Lehrer und Schriftsteller Heinrich Benedikt. Auf seine faszinierende Art erschloss er mir diese bis dahin fremde Welt.

1987 machte ich die Heilpraktikerprüfung und ging dann passend zu meinen energetischen Therapien, die ich im Zuge meiner Heilpraktikerausbildung gelernt hatte, den Reikiweg bis zum Reikimeister und -lehrer bei der, inzwischen zu meiner Freundin gewordenen, Reikimeisterin Lore Massar.

Durch eine Kette von Geschehnissen, die wir gern als Zufälle bezeichnen, geriet ich 1991 in einen kleinen Kreis in Memmingen, der sich anlässlich eines Besuches des wunderbaren Dr. Stylianios Atteshlis versammelt hatte.

Er, der in den achtziger und neunziger Jahren weit über seine Heimat, den griechischen Teil von Zypern, als Heiler bekannt war, nannte sich in seiner bescheidenen Art lediglich Daskalos, was die griechische Bezeichnung von Lehrer ist.

Der philippinische Lehrer Mauro Ambat lehrte mich, seine energetischen Lehren in meine Arbeit aufzunehmen, und so wäre die Konsequenz des nächsten Schrittes gewesen, eine Geschichte über die Verbindung zwischen uns Menschen und der geistigen Welt zu schreiben. Aber ich hatte keine Ahnung, wie ich das in Worte fassen sollte.

Den Anstoß zum Schreiben gab der Religionsphilosoph Prof. Arnold Keyserling. Meine Freundin Eva Geiger und ich fuhren zu einem Seminar von Arnold und seiner Frau Wilhelmine, genannt Willi. Arnold hatte eine geniale Methode gefunden, die neun Enneagram - Typen und die zwölf Tierkreiszeichen in seinem „Rad des Lebens" miteinander zu verknüpfen.

Beide waren Mitte Siebzig, als ich sie kennen lernte, und bemerkenswert; aber Arnold war unvergleichlich. Ein hoch gewachsener Mann mit einem weißen Vollbart, der gern eine Zigarre am Feierabend rauchte und einen Whiskey trank. „Hat mir mein Arzt verboten", schmunzelte er dann hin und wieder, während er sich mit allen Anzeichen des Behagens diese verbotenen Genüsse zu Gemüte führte.

Das Paar hatte eine längere Zeit bei nordamerikanischen Indianern gelebt. Arnold war der atypische Intellektuelle, der sein Leben mit allen Sinnen zu genießen schien.

Er hatte unter anderem das Hobby, aus den Handlinien zu lesen und fragte mich, ob ich einverstanden wäre, wenn er aus meiner Hand lesen würde. Natürlich hielt ich ihm bereitwillig meine Hände hin.

Er schien mich zu kennen, erzählte mir Bekanntes aus meinem Leben, was ich nur bestätigen konnte und Dinge, die mir nicht bekannt waren und die mich neugierig machten. Plötzlich fragte er: „Schreibst du?" Als ich verneinte, sagte er: „Du musst unbedingt schreiben." Ich: „Worüber soll ich denn schreiben." „Schreibe über das, was in dir ist. Fang einfach an!"

Genau diese Worte gaben den Ausschlag, diese Geschichte zu Papier zu bringen.

Ich habe mit dem Schreiben begonnen, als Arnold seinen physischen Körper schon verlassen hatte. Den Stoff für diese Geschichte entnahm ich meinen Träumen, Meditationssitzungen und Seminaren, angeregt von verschiedenen kabbalistischen Werken und meinen eigenen Vorstellungen und Empfindungen.

Was genau meine eigenen Gedanken und die anderer Menschen sind, kann ich nicht sagen. Ich weiß inzwischen, dass das nicht so wichtig ist, weil wir alle durch ein großes Feld in Verbindung stehen.

Ich hoffe, dass Sie, liebe Leserin und lieber Leser, mich gern auf dieser Reise in die Welt der Engel begleiten werden.

# Kapitel 1

Katharina bewegte sich unruhig. Irgendetwas hatte sie im Schlaf aufgeschreckt. Vorsichtig blinzelte sie in das kleine Licht, das einen Teil ihres Zimmers erhellte. Was sie dann sah, ließ sie vollends die Augen aufreißen:

Das Fensterbrett war hell erleuchtet, nein eigentlich das ganze Fenster. Und diese Beleuchtung kam nicht von draußen, sie kam direkt aus ihrem Zimmer.

Mit großen Augen richtete sie sich auf. Sie war sich nicht sicher, ob sie träumte. Nach alter Regel kniff sie sich in den Arm, hoffend, dass auch dieses Kneifen und der prompt folgende Schmerz nicht Teil des Traumes war. Ein bisschen unheimlich war ihr zumute, als sie die Quelle dieses Lichtes entdeckte.

Dort auf dem Fensterbrett stand ein winziges Persönchen, gerade mal so groß wie ihr ausgestreckter Zeigefinger und allerliebst anzuschauen.

Das kleine Wesen trug ein weißsilbriges Gewand. Blonde Locken ringelten sich um das Gesichtchen. Die kleinen Füße waren nackt, und in der Hand trug das seltsame Wesen einen kleinen leuchtenden Stab.

Katharina wusste später nicht mehr, ob sie das alles im ersten Moment schon sah, oder ob ihr diese Details erst später aufgefallen waren.

Was sie aber ganz sicher im ersten Augenblick wahrgenommen hatte, war, dass es das Persönchen selbst war, das so strahlte. Mindestens wie eine Hundert-Watt-

Glühbirne, überlegte Katharina, verwarf aber diesen Vergleich sofort, weil er ihr zu technisch erschien. Sie wusste nicht so recht, wie sie sich verhalten sollte. Irgendwie brachte sie ein wohl erzogenes, wenn auch gepresstes, „Grüß Gott" hervor. „Das werde ich machen", erwiderte das kleine Wesen. „Aber zuerst einmal möchte ich dich grüßen." Die Stimme klang nicht so hell, wie Katharina es erwartet hätte. Aber irgendwie schwang eine Melodie mit, so dass sie den Wunsch hatte, ihr endlos zuhören zu wollen. Abgesehen davon, hatte sie keine Idee, wie sie das Gespräch fortsetzen sollte, geschweige denn, was der Zweck dieser Begegnung war und wieso sie überhaupt stattfand.

„Das Beste ist, ich stelle mich erst einmal vor", ergriff das Wesen wieder das Wort und neigte dabei auf eine etwas altmodische, wenn auch anmutige Art, das Köpfchen. „Ich heiße Wondra und übe einen festen, wenn auch nicht immer einfachen, Job aus. Ich bin dein Schutzengel." Katharina wurde es ganz feierlich zumute. Sie zweifelte keinen Moment an den Worten dieses zauberhaften Wesens.

Reinhard aus ihrer Klasse würde das sicher als Unsinn abtun, so wie er es immer tat, wenn die Mädchen das Wort „Engel" auch nur erwähnten. Der sollte jetzt dabei sein, der oberschlaue Reinhard, und ihr erklären, was es für eine Bedeutung habe, wenn ein winziges Wesen von engelhaftem Aussehen durch ein geschlossenes Fenster einen Raum betritt und diesen mit seinem Licht vollständig erhellt. Sie ließ noch einmal das Wort „Schutzengel" in Gedanken auf ihrer Zunge zergehen und hatte das Gefühl, eine ganze Herde von Schmetterlingen tanze in ihrem Bauch herum. Ihr Traum, ihr absolut größter Wunsch in ihrem zwölfjährigen Leben, hatte Erfüllung gefunden. Sie bekam ihren Schutzengel zu Gesicht. Ei-

15

gentlich wusste sie ja, dass irgendetwas oder irgendjemand immer in ihrer unmittelbaren Nähe war. Sie hatte gehört, dass Menschen darüber sprachen, es gab Bücher, die sich mit Engeln beschäftigen, aber wirklich wissen konnte sie es nicht.

Wenn es nun wirklich nur ein Traum wäre, dann wollte sie nicht so schnell daraus erwachen. Lieber kniff sie sich nicht noch einmal, denn wer weiß...

„Du kannst ganz beruhigt sein", unterbrach der kleine Schutzengel ihre Gedanken. „Es ist kein Traum, und wir werden eine lange Zeit miteinander haben, in der wir uns sehen, hören und fühlen können." „Und riechen", vollendete Katharina in Gedanken, denn der Schutzengel strahlte einen Duft von Frühlingsblumen, Weihnachtsgebäck, Rosen und Vanille aus. Er roch wie eine Weihnachtsbackstube, nur viel, viel schöner. Anzufassen wäre er sicher auch sehr angenehm. Wenn er nur nicht so klein und zerbrechlich wäre! Wie sollte überhaupt diese winzige Gestalt sie schützen! Über die Größe müsste sie noch mit ihm sprechen. Im Übrigen: So viel Zeit hatte sie nicht. Sie schielte vorsichtig auf ihren Leuchtwecker. In knapp acht Stunden musste sie sich für ihren Schulgang fertig machen. Ihre Eltern vertrauten ihr, sie war das erste Mal einen Abend, oder mindestens noch die halbe Nacht, allein. Ihre Eltern machten außerhalb der Stadt einen Besuch und würden aller Wahrscheinlichkeit nach nicht vor dem Morgengrauen nach Hause kommen. Sie hatten einen Zettel mit ihrer Telefonnummer und die einer netten Nachbarin auf Katharinas Nachtkästchen gelegt. Allerdings könnte der Besuch eines Engels schon einmal ein Grund dafür sein, nicht zur Schule zu gehen. In ihrem Kopf herrschte, gelinde gesagt, ein Durcheinander.

„Ich habe dir gesagt, du kannst beruhigt sein, Katharina. Du wirst sehen, wir haben eine Menge Zeit füreinander." Konnte er Gedanken lesen? Der kleine Engel schmunzelte. Katharina sah es daran, dass er seine Nase oder vielmehr sein Näschen, kraus zog, und sich die Mundwinkel leicht hoben. Dabei wurde das Licht in seinen Augen noch heller.

„Was meinst du, wie ich dich sonst verstehen könnte. Natürlich lese ich deine Gedanken, ich spüre sie einfach." Über Katharinas erste Freude, dass die Verständigung so klappte, legte sich ein leiser Schatten. Ihre Gedanken waren nicht immer so, dass man sie ruhigen Gewissens ausplaudern konnte. Rückblickend genierte sie sich ein wenig.

Wondra kicherte: „An die menschlichen Gedanken habe ich mich schon lange gewöhnt. Bei mir sind sie sicher aufgehoben." Katharina beugte sich tiefer, um dem Engel in die Augen sehen zu können. Wondra schaute sie schräg von unten her an. „Möchtest du einmal mit mir auf Augenhöhe plaudern?"

Auch wenn es so gar nicht Katharinas Vorstellung von einem Engel entsprach, hätte sie schwören können, dass ihn ein kleines Teufelchen ritt. Sie war so gebannt, dass sie weder mit einem „Ja" noch mit einem „Nein" antworten konnte. Der kleine Engel hub wieder an: „Alles, was dir während einer Engelsbegegnung geschieht, erscheint deinem Verstand zwar unglaublich, wenn du dich jedoch darauf einlässt, wirst du die Möglichkeit haben, das, was in dir und um dich herum geschieht, aus einer anderen Perspektive zu betrachten. Und ganz wichtig: Alles, was du jetzt erlebst, wird sich in deine Welt einfügen, ohne dass es dich Erdenzeit kostet." Katharina verstand nun überhaupt nicht mehr, was der Engel meinte.

Trotz des Schalks in dem kleinen Gesichtchen, oder vielleicht gerade deswegen, war sie gefangen von dem Ausdruck seiner Augen, der sich innerhalb kürzester Zeit veränderte. Ernsthaftigkeit und Wärme fanden sich darin. Und sie wurden größer, klarer. Katharina hatte nicht mehr das Bedürfnis, sich herunter zu beugen. Im Gegenteil, sie machte sich gerade, und ihr Gesicht befand sich auf gleicher Höhe wie das des Engels.

Katharina war fasziniert von Wondras Gesicht, das so viel Klarheit ausdrückte und gleichzeitig so viel Schalk beinhaltete. Auf dem Näschen waren kleine Punkte zu sehen, die Katharina Sommersprossen genannt hätte, wenn es ihr nicht etwas respektlos vorgekommen wäre. Ob der Engel schön war, hätte sie nicht sagen können. Es bereitete ihr nur unbändige Freude, in sein Gesicht zu schauen.

Sie war so angetan von seinem Anblick, dass ihr erst Minuten später auffiel, dass er jetzt die gleiche Größe aufwies wie sie. War er gewachsen, sie war doch nicht geschrumpft! Ihre Augen glitten zu ihrem Schulschreibtisch. Er schien riesig geworden zu sein. Ihr fiel es wie Schuppen von den Augen: Der Engel war nicht größer, sie selbst war viel, viel kleiner geworden.

Ihr Herz pochte. Viele Gedanken schossen ihr durch den Kopf. Wie sollte sie sich jemals wieder mit ihren Schulfreundinnen zum Eisessen treffen. Der Reinhard würde sie verfolgen und sie womöglich in seine Tasche stecken. Er und seine fürchterlichen Freunde hätten einen Riesenspaß mit ihr. Und wie um alles in der Welt könnte sie sich auf ihr schönes neues Rad schwingen? Und Mutti und Vati, oh du liebe Zeit, sie würden sie in ihrem riesengroßen Bett gar nicht mehr finden.

# Kapitel 2

Ohne dass sie es verhindern konnte, stahlen sich Tränen in ihre Augen und rollten ihre Wangen hinunter. Eine Träne fand den Weg über die Nase, blieb an der Spitze hängen und verursachte einen leichten Juckreiz.

Energisch wischte Katharina sie weg. Der Engel legte seine Hand auf ihren Arm. Irgendwie fühlte sich das zugleich kühl und warm an, jedenfalls so, dass Katharina hoffte, sie möge da noch ein Weilchen liegen bleiben. Diese kühle Wärme oder warme Kühle strömte durch sie hindurch und bewirkte, dass Katharina sich augenblicklich heiter fühlte, heiter und vertrauensvoll.

„Liebe Katharina", sagte Wondra. „Du kannst deinem Schutzengel immer vertrauen. Alles, was mit dir geschieht, hat seinen Sinn. Ich habe vor, dich für eine winzige Erdenzeit in das Reich der Engel zu bringen. Ich hätte genauso gut meine Gestalt wachsen lassen können. Wichtig ist für unsere Reise, dass wir von gleicher Größe sind: Wir müssen durch ein Tor, das uns in eine höhere Dimension führt. Je kleiner wir von Gestalt sind, umso leichter geht das. In dieser höheren Dimension herrscht eine andere Zeit. Die Zeit dort entspricht einem Bruchteil der Erdenzeit. Du kannst also unbesorgt sein, du wirst wohlbehalten zurück gebracht, und der Zeiger deines Weckers wird sich kaum bewegt haben. Vor allem wirst du in der Gestalt aufwachen, in der du ins Bett gegangen bist."

Der Engel strahlte so viel Zuversicht aus, dass Katharina sich etwas schämte, so angstvolle Vorstellungen gehabt zu haben. Aber jeder Satz des Engels warf im Augenblick noch weitere Fragen für sie auf. Sie traute sich jetzt endlich die Frage zu stellen, die ihr von dem Augenblick, in dem der Engel ihr erzählt hatte, dass er ihr Schutzengel sei, unter den Nägeln gebrannt hatte. „Warum bist du eigentlich so winzig? Wenn du mein Schutzengel bist, wäre es doch viel gescheiter, wenn du groß und kraftvoll wärest. Du könntest mich doch viel besser beschützen und auffangen."

Der Engel schien permanenten Spaß an ihrer Unterhaltung zu haben, denn das Lächeln ging gar nicht mehr aus seinem Gesicht heraus.

„Da ich dich schon eine ganze Weile kenne, liebe Katharina", schmunzelte er, „war nicht nur mir klar, dass es mit dir gar nicht so einfach sein würde. Du hast schon als Kleinkind deine Eltern permanent mit deinen Fragen bombardiert." Jetzt erschrak Katharina „Nerve ich dich?" fragte sie. Doch das helle Lachen des Engels beruhigte sie gleich darauf wieder. „Nein, natürlich nicht. Vergiss nicht, ich bin wirklich nur für dich da, für niemanden anderen. Und ich liebe solche Kinder wie dich, auch wenn sie manchmal anstrengend sind. Aus euch entstehen meistens Erwachsene, die für Neues aufgeschlossen sind, weil sie wissbegierig, kreativ und stets bereit sind, ihre Grenzen zu erweitern."

Jetzt konnte Katharina sich etwas entspannen, um ganz Ohr für die Erklärungen des Engels zu sein.

Wondra fuhr fort: „Ich erscheine nie einem Menschen in meiner wirklichen Gestalt. Du könntest nichts mit ihr anfangen, wenn ich das täte. Bedenke, dass ich ein Wesen aus einer anderen Dimension bin. Manchmal umhülle ich dich wie eine große Wolke, manchmal schlüpfe ich in die Gestalt eines Däumlings, um dir etwas ins Ohr zu flüstern. Was meinst du, was du empfunden hättest, wenn ich in einer größeren Gestalt bei dir gelandet wäre? Das Licht wäre zu hell für deine Augen gewesen, die Gestalt zu groß, um mich wahrnehmen zu können, alles wäre zu mächtig für dich gewesen. So konntest du dich erst einmal an mich gewöhnen, ohne Angst vor mir zu haben." Und ich konnte mich einfach an ihm erfreuen", dachte Katharina.

„Danke", nahm der Engel das Kompliment auf seine anmutige Art an.

Katharina schob den Gedanken, dass es so etwas gar nicht geben konnte, weit von sich. Sie hatte in den letzten Minuten so viel von Dingen gehört, die ihr nie im Traum eingefallen wären, dass sie jetzt einfach alles aufnahm, was der Engel ihr erzählte. Ihre augenblicklich größte Angst war, dass sie wirklich nur träumte.

Der Engel griff diesen Gedanken auf und sagte: „ Die Traumwelt und die Welt der Engel haben Einiges gemeinsam. Vor allem liegen sie außerhalb der gewohnten menschlichen Welt."

„Heißt das dann, dass ich jetzt schon in dieser anderen Welt bin?" piepste Katharina nun doch etwas verschüchtert.

„Nein", beruhigte sie Wondra. „Ich selbst habe keine Mühe gescheut, dir in deiner Welt so zu erscheinen, dass du mich nicht nur mit deinen menschlichen Sinnen wahrnehmen kannst, sondern auch erkennst, was für ein Wesen ich bin."

Katharina nahm sich kaum Zeit, die Fähigkeit ihres Engels gebührend zu bewundern, da sich der nächste Gedanke schon in ihrem Kopf formte.

Durch was für ein Tor sollten sie gehen, und in was für einer Dimension würden sie landen. Der Engel griff auch diesen Faden mit einer Selbstverständlichkeit auf, als hätte sie ihn ausgesprochen.

„Da du schon Physikunterricht hattest, weißt du, dass du in einer dreidimensionalen Welt lebst, in einer Welt, die sich durch Länge, Breite und Höhe definiert. Das hat den Vorteil, dass ihr euch frei durch den Raum bewegen könnt, zumindest, wenn ihr Bodenkontakt habt, eine Tatsache, die für euch selbstverständlich ist. In dieser dreidimensionalen Welt läuft die Zeit nur vorwärts in Richtung Zukunft. Man nennt diese Zeit auch „lineare Zeit".

Nun gibt es neben dieser Welt auch Welten mit mehr Dimensionen. Das musst du mir im Augenblick einfach glauben. Dein Bewusstsein, das auf drei Dimensionen ausgerichtet ist, kann nicht verstehen, wie sich die weiteren Dimensionen mit euren drei verknüpfen können."

„Aber es gibt doch keine Richtung, in der sich eine weitere Dimension ausdehnen kann", wandte Katharina ein.

„Genau das meine ich. Das liegt außerhalb des menschlichen Verstandes", erwiderte Wondra. „Stell dir einmal vor, die Welt, in der du lebst, wäre nur zweidimensional. Wie sähe sie dann aus?" Katharina brauchte nicht lange zu überlegen. „Dann wäre die Welt eine Fläche". „Und die Wesen, die in ihr lebten?" „Die wären ganz platt", überlegte Katharina. „Aber die könnten sich doch auch erheben und würden merken, dass außer der Fläche noch Raum vorhanden ist." „Nein, das könnten sie nicht, weil sie gar keine Vorstellung von Raum hätten und demzufolge auch nicht auf die Idee kämen, ihre Körper von der Fläche hochzustemmen."

Wondra legte einen Finger an die Nase. Er schien, durch Katharina hindurchzuschauen. „Da es aber die dritte Dimension gibt, ohne dass die zweidimensionalen Wesen sie erkennen, könnte es sein, dass in diese Welt ein dreidimensionaler Körper käme. Nehmen wir mal an, es wäre ein einfacher Zylinder. Der sieht in etwa so aus wie eine Konservendose. Was würden die Flächenwesen dann wahrnehmen?" Katharina hatte das Gefühl, in ihrem Gehirn würde es langsam anfangen zu rauchen. „Nimm einmal eine Dimension vom Zylinder fort", half der Engel. „Z.B. die Höhe". „Ein Kreis?" Katharina war ganz glücklich, als der Engel nickte. „Aber es gibt eine zweite Möglichkeit. Schau dir einmal eine Konservendose von der Seite an, ohne die Kreise am Kopf und am Fußende war zu nehmen". „Ein Rechteck", schmetterte Katharina begeistert.

„Genauso ist es", lobte Wondra. „Kommt zum Beispiel ein Engel in eure Welt, dann wirst du einen Körper sehen, wie alle Menschen ihn haben. Das Zusätzliche, das uns zu Engeln macht oder eine gleichzeitig bestehende andere Form bleibt deinen Blicken versagt, weil es Teil der anderen Dimension ist."

Katharina hatte aufgehört, sich zu wundern, sonst wäre sie über die physikalischen Kenntnisse ihres Schutzengels gestolpert. Andererseits hatte Wondra gesagt, dass die Engel mit der menschlichen Welt vertraut waren. Zumindest hatte Katharina ihren Schutzengel so verstanden.

Ihr fiel auf, dass sich bei ihm, wenn er zu Erklärungen ansetzte, eine kleine v-förmige Falte über seiner Nasenwurzel bildete. Dann sah er viel älter aus, irgendwie weise, jedenfalls so, wie Katharina sich ein weises Wesen vorstellte.

23

Was heißt eigentlich älter, fragte sie sich. Der Engel sagte lächelnd: „Ich gehöre zu den Jüngeren meiner Innung, mein Alter entspricht nach eurem Erdenmaß dem von siebenhundertfünfzig Jahren." Katharina hatte so gar keine Vorstellung vom Alter eines Engels, schon gar nicht von einem, der dem Aussehen nach ihr Klassenkamerad oder ihre Klassenkameradin sein könnte. Dazu kam, dass sie ihn nicht eindeutig als Junge oder Mädchen einstufen konnte. Leicht misstrauisch schielte sie zu ihm hin. Der Engel kicherte. „Weißt Du, es ist müßig, einen Engel nach seinem Alter oder Geschlecht zu fragen. Wir leben jenseits von der Zeit sowie wir auch jenseits vom Raum leben. Wenn wir das Glück haben, zusammen mit einem Menschenkind eine Aufgabe erledigen zu dürfen, dann stellen wir uns so auf den Menschen ein, dass mal unsere weibliche, mal unsere männliche Seite zum Vorschein kommt."

Katharina hatte das Gefühl, dass es in der nachfolgenden Pause förmlich knisterte, so sehr arbeiteten sich die Gedanken durch ihr Gehirn.

„Ja, und wenn ich durch das Tor in die andere Dimension gelange, was werde ich da bemerken?"

„Warte es einfach ab. Vielleicht erscheint dir alles vertraut. Bedenke, dass dein Bewusstsein und deine Sinne nicht auf höhere Dimensionen ausgerichtet sind, sondern dir immer nur vertraute Aspekte liefern, auch wenn du dich in höheren Dimensionen aufhältst. Obwohl", fuhr er fort, während seine Augen blitzten, „das Erdenvolk auch Menschen hervorgebracht hat, die ein Verständnis für die Zusammenhänge dieser Sphären haben. In grauer Vorzeit gab es immer wieder Menschen, die die höheren Dimensionen wahrnehmen konnten. Diese Fähigkeit ist heutzutage weitgehend verschüttet. Aber das gegenwärtige Zeitalter brachte wiederum Menschen hervor, die mit der vierten Dimension als feste Größe gerechnet haben. Menschen, die nicht nur einen scharfen Verstand haben, sondern einen verstehenden Geist."

Katharina nickte eifrig. Jetzt, wo sie bald ins achte Schuljahr kam, hatte sie im Physikunterricht Namen von Superhirnen wie Einstein, Heisenberg und verschiedenen anderen gehört. Physiker, die neben ihrer Naturwissenschaft auch der Philosophie nahe waren. Solche Menschen, die fähig waren, mit Gegebenheiten umzugehen, die alle bis dahin geltenden Weltbilder über den Haufen warfen. Ungefähr so, wie jetzt gerade ihr Weltbild kippte durch den nächtlichen Besuch eines richtigen Engels. Alles schien in dieser Nacht möglich, alles war anders während dieser außerordentlichen Begegnung.

Die Stimme des Engels holte sie aus ihren Gedanken zurück:

„Was auch immer auf dich zukommt, ich bleibe dein Begleiter und werde dir hilfreich zur Seite stehen. Eins kann ich dir versprechen: In keiner Welt bist du so sicher wie in der Welt der Engel."

Oh ja, sie wollte unbedingt die Welt der Engel kennen lernen und am allerliebsten mit ihrem Schutzengel zusammen, obwohl sie Angst hatte, dass einiges danach nicht mehr so sein würde, wie es zuvor gewesen war. Dieser Gedanke war nicht dazu angetan, ihr Herz ruhiger schlagen zu lassen.

Wondra sprach wieder einmal ihre Gedanken aus. „Du wirst wieder zu deinen Eltern und Freunden zurückkehren, und du wirst deine Schule weiter besuchen. Alles wird scheinbar unverändert sein. Und dennoch – deine Seele wird einen Blick in eine Welt getan haben, aus der sie ursprünglich kam, eine Welt, die ihrem Innersten vertraut ist. In dir wird sich durch diesen Besuch eine spirituelle Reife entwickeln. Du wirst anders an deine Aufgaben herangehen. Weißt du, wenn ein Mensch sich weiter entwickelt, sind es in der Regel nicht die Umstände, die sich ändern, sondern seine Betrachtungsweise."

Davon hatte Katharina schon gehört, und irgendwie beruhigte sie die Tatsache, dass sich nicht die Umstände ändern würden, sondern ihre Sicht auf die Dinge. Sie hatte plötzlich ein Gefühl von Stärke, eine Ahnung davon, dass es in ihrer Macht lag, ihr Leben zu gestalten.

Die Stimme des Engels weckte sie aus ihren Gedanken:

„Du siehst, dass schon unser erstes Gespräch Möglichkeiten ganz neuer Stärken in dir offenbart. So wird jede Station, die wir erreichen, neue Kräfte in dir wach rufen. Der Schritt in die außerdreidimensionale Welt ist ein größerer Schritt. Wir machen ihn gemeinsam. Ich blicke in deine Seele hinein und sehe, dass sie bereit ist, diesen Schritt zu tun."

# Kapitel 3

Katharina stand neben dem Engel auf der Fensterbank und blickte etwas zweifelnd in die Dunkelheit, die nur von einzelnen Lichtern der umliegenden Häuser durchbrochen wurde.

Da schob sich eine warme Hand in ihre und sie hörte den Engel mit beruhigender Stimme sagen: „Lass dich einfach fallen, ich halte dich."

Während dieser Worte durchrieselte Katharina eine warme Welle von Vertrauen und Sicherheit, und sie machte einen Schritt nach vorn. Es war, als würde sie hochgehoben und dann gehalten. Zu ihrer Freude segelte sie Hand in Hand mit ihrem außergewöhnlichen Begleiter durch die Luft. Sie breitete den anderen Arm aus, hatte jetzt das Gefühl, sie liege auf der Luft. So, wie sie sich in den letzten Ferien auf das Wasser gelegt hatte mit dem unerschütterlichen Vertrauen, dass das Meer sie tragen würde.

„Richtig", erklang die Stimme des Engels neben ihr. „Es ist das Vertrauen, das dich trägt. Das Vertrauen zu einem Menschen, zu einem anderen Wesen, einem sicheren Untergrund. Wenn du dieses Gefühl des Vertrauens immer wieder empfindest, kannst du es dir zu eigen machen. Es hat nämlich weniger mit deiner Begleitung oder deiner Umgebung zu tun, sondern weitaus mehr mit dir selbst. Es kommt tief aus deinem Inneren. Manchmal scheint es verschüttet zu sein und muss geweckt werden. Je mehr ein Mensch erfährt, dass sein Vertrauen berechtigt ist, umso mehr wächst das Vertrauen in ihn selbst.

Vertrauen in sich selbst öffnet auch die Pforte zu Selbstverantwortung. Das ist einer der Gründe, warum die meisten Menschen so lange leben, bis sie erwachsen werden. Sie könnten ja auch Kinder bleiben, das Leben wäre in den meisten Fällen unkompliziert und voller Freude. Doch diese Verantwortung für das eigene Selbst zu übernehmen und in sich diesen Raum zu finden, in dem das Urvertrauen angelegt wurde, es bewusst mit in den Alltag zu nehmen, das ist eine wichtige Aufgabe des Erwachsenwerdens."

Der Engel schwieg. Er wollte Katharina die Zeit lassen, seine Worte nachzuempfinden. Außerdem war der Flug so unglaublich, dass man ihn nur noch schweigend genießen konnte.

Sie flogen in den Nachthimmel hinein, der sie wie dunkelblauer Samt, durchbrochen von einer Fülle von glitzernden Lichtern, umhüllte.

Von Wondra strömte eine solche Wärme aus, dass Katharina die Sicherheit und Geborgenheit körperlich spüren konnte. „Schau mal", sagte der Engel, „Ihr Menschen wollt es doch immer genau wissen. Ihr gebt Lebewesen und Dingen einen Namen, und dann meint ihr, sie zu kennen. Wir werden gleich durch das Sternbild fliegen, dem ihr den Namen Großer Wagen gegeben habt."

Katharina war dieses Sternbild vertraut. Während der Schulferien, als sie mit ihren Eltern in die Berge gefahren war, hatte sie in sternklaren Nächten diese außergewöhnliche Sternenansammlung betrachtet. Sie fand es immer ganz spannend, wenn sie in einer solchen Nacht lange aufbleiben durfte und die Eltern ihr die verschiedenen Sternbilder zeigten.

Jetzt, auf ihrem seltsamen Flug, genoss sie die Sternenlichter neben ihrem Begleiter und die Bewegung, die ein

Zwischending zwischen Schweben und Fliegen war. Vertrauensvoll flog sie an der Seite ihres Engels weiter in das grenzenlose Nachtblau hinein. Wie jeder Mensch hatte sie kaum eine Vorstellung von Grenzenlosigkeit oder gar Unendlichkeit. Aber wenn sie diesen nächtlichen Ausflug beschreiben würde, dann wäre es, wie mitten in die Unendlichkeit hinein zu fliegen und ein Teil von ihr zu werden.

Der Engel strich Katharina ganz sanft über die Wangen, und als er die Hand wieder weg nahm, schien es Katharina, als ob eine warme, bunte Wolke an ihrem Gesicht blieb, die sich vergrößerte, bis sie ganz in Wärme und Weichheit eingehüllt war. Sie empfand ein angenehmes Gefühl von Mattigkeit, Schwere und Aufgehobensein, während sie Bilder vor sich sah, die sie später nicht mehr beschreiben konnte, weil sie so sehr von ihren vertrauten Vorstellungen abwichen. Aber was war auf dieser Reise schon vertraut. Ihre Gedanken vernebelten sich. Plötzlich fühlte sie sich hochgehoben, und dann schien sich ihr Körper um die eigene Achse zu drehen und gleichzeitig auf einen fernen Punkt hin zu bewegen Auf einen Punkt, der sich zu einem Lichtball zu vergrößern schien, bis er die Ausmaße eines riesigen Tores aufwies.

Majestätisch schoben sich beide Flügel auseinander, und Katharina spürte eine unwiderstehliche Kraft, die sie durch die Toröffnung hineinzog. Hinter dem Tor angekommen, hörte die Bewegung des Sogs, der sie hierher gebracht hatte, auf, und sie fühlte wieder festen Untergrund unter ihren Füßen.

# Kapitel 4

Sie zögerte einen Moment, die Augen zu öffnen. Aber durch die geschlossenen Lider spürte sie ein starkes Licht, das ihre sämtlichen Zellen zu beleben schien. Während sie blinzelte, bot sich ihren Augen ein so wunderbares Bild dar, dass sie schleunigst beide Augen vollends öffnete.

Mit einem Schwung richtete sie sich kerzengerade auf. Das Bild, das sich ihr darbot, erweckte in ihr den Wunsch, aufzuspringen und laut aufzujubeln.

Sie war sich allerdings nicht sicher, ob sie den Jubellaut wirklich ausgestoßen hatte.

Wondra fand sich wieder neben ihr ein und sagte: „ In der Welt der Engel ist ein Wunsch, ein Vorhaben oder die ausgeführte Tat ein und dasselbe." Katharina sah ihn etwas verwirrt an. Sie fand, dass es gut war, dass das im täglichen Leben anders war. Ihr Begleiter sprach aus, was sie schon beinahe befürchtete: „Auf der Erde im täglichen Leben ist es nicht anders. Nur wirken die Kräfte, bevor man etwas tatsächlich ausführt, so subtil, dass die normalen menschlichen Sinne sie kaum wahrnehmen können. Es gibt derzeit nur wenige Menschen, die ein so feines Gespür aufweisen, dass sie diese Kräfte wahrnehmen können."

Katharina verstand sofort. Sie erlebte jetzt gerade Gefühle, die sie in ihrem täglichen Leben nicht wahrgenommen oder zumindest ignoriert hatte. Ihr Körper erschien ihr irgendwie durchscheinend, aber auch riesengroß, so als ob er seine ganze Umgebung ausfüllen wolle oder ganz einfach ein Teil dieses Ganzen war.

Diese Umgebung zeigte sich als ein Garten. Er war nicht nur wunderschön mit den farbenprächtigsten Blumen, den zartesten Knospen und den prallsten Früchten angelegt, die auf wundersame Weise alle gleichzeitig gediehen. Das ganze Gelände, das sich in der Unendlichkeit zu verlieren schien, war in ein strahlendes Licht gehüllt, das von überall herzukommen schien, dessen Quelle jedoch für Katharina nicht ersichtlich war.

Ganze Scharen von Schmetterlingen, deren Farben mit denen der Blumen wetteiferten, ließen sich in anmutigen Bewegungen auf den Blütenblättern nieder. Bäume, deren Kronen sich in dem leichten Wind wie in einem Tanz bewegten, luden zum Anlehnen und sogar zum Klettern ein.

Das Zwitschern verschiedener Vögel, deren Gefieder sich in ihrer Buntheit mit der Farbenpracht der verschiedenen Pflanzen messen konnten, vereinte sich zu einem wunderbaren Konzert, und die Luft war erfüllt von einem Duft, wie Katharina ihn nie zuvor wahrgenommen hatte.

Ihr erschien er irgendwie vertraut und dennoch fremd. Sie war sich vorher nicht bewusst gewesen, solch entgegengesetzte Empfindungen wahrnehmen zu können. Vertraut und doch fremd.

In ihr regte sich eine tiefe Freude, die sie von Kopf bis Fuß durchströmte. Gleichzeitig fühlte sie sich so berührt, dass es sich anfühlte, als wolle sie gleich weinen, aber nicht aus Traurigkeit, sondern weil die Freude so stark war, dass Katharina fürchtete, sie würde platzen, wenn diese Freude nicht auf irgendeinem Weg heraus käme.

„Wo sind wir hier? Ist das das Paradies?" flüsterte sie.

„Ihr nennt es so", schmunzelte der Engel. „Wir nennen es die wirkliche Welt."

Wieder ein Satz, der Fragen aufwarf. Sie beschloss, diese erst einmal zurückzustellen. Im Augenblick war sie nur von dem Wunsch beseelt, es möge ihr nicht die kleinste Kleinigkeit dieser zauberhaften Umgebung entgehen.

Sie schloss für einen Moment die Augen. Zu ihrer Verwunderung blieb das Bild unverändert vor ihrem inneren Auge bestehen. Sie riss sie sofort wieder auf und sah ihren Begleiter aus großen Augen fragend an.

Wondra machte eine weit ausladende Bewegung. „Alles, was du hier mit deinen vertrauten Sinnen aufnimmst, das nimmst du auch mit deinen feinen Sinnen wahr. Du kannst deine Augen schließen, dir Ohren und Nase zuhalten, und dennoch siehst, fühlst, hörst und riechst du alles so, als ob du es mit deinen körperlichen Sinnen wahrnimmst."

Katharina verspürte nur Erstaunen. Die Tatsache, dass sie ihre Umgebung wahrnahm, gleichgültig, ob ihre Sinne geöffnet waren oder nicht, war für sie einfach unglaublich.

Sie musste es gleich ausprobieren, schloss die Augen, hielt sich Ohren zu, und Wondra tat dasselbe bereitwillig mit Katharinas Nase. Die zauberhafte Landschaft blieb, ebenso das Vogelgezwitscher und der himmlische Duft.

Ja, sie hatte „himmlisch" gedacht. Wie oft wurde dieses Wort im Alltag gebraucht, ja missbraucht, gestand sie sich ein. Aber hier, hier war es angebracht. Es war die Steigerung von allem Schönen, das sie je gesehen hatte.

Als sie sich nach einer ganzen Weile nach ihrem Begleiter umsah, sah sie ihn in einer kleinen Entfernung auf einer Bank sitzen und sie liebevoll betrachten. „Ich wusste, dass es dir gefallen würde ", meinte er mit zufriedener Miene. Katharina schaute ihn forschend an: „Aber das muss einem doch gefallen", erwiderte sie. „Gefallen ist gar kein Ausdruck, es ist unbeschreiblich." Wondra klopfte neben sich auf die Bank, und Katharina ließ sich neben ihm nieder. „Weißt du", hub er mit der ernsthaften Stimme an, mit der er ihr in den letzten Stunden immer wieder Teile der Welt erklärt hatte. „Es gibt Menschen, die sehen diese Schönheit gar nicht. Um Schönheit wahrzunehmen, muss sie in dir sein." Schmunzelnd setzte er hinzu: „Nicht umsonst hat Euer großer Dichterfürst geschrieben: Um die Sonne zu erkennen, muss dein Auge sonnengleich sein." Katharina, die sich noch nicht so für Dichterfürsten interessierte, fand es spannend, dass die Schönheit um sie herum in ihr sein sollte, obwohl sie es andererseits nicht so ganz glaubte.

„Wenn wir uns jetzt eine Weile in dieser Welt, in dieser Dimension, bewegen, wirst du immer mehr erkennen, dass das, was um dich herum ist, eigentlich in dir ist." bekräftigte Wondra.

„Aber wie kann es sein, dass in mir so viel Schönheit ist, dass sie sich mir in so einem dem Garten darbietet?"

„Es ist dir nicht unbekannt", ließ sich Wondra vernehmen, und Katharina wurde es ganz feierlich zumute. „Ein Teil deines ureigenen Selbst hat all dies schon einmal erfahren. Körperlos, als Teil dieser, wie du sagst, himmlischen Welt."

„Ja, aber wie, was?" Katharina wusste nicht, wie sie die drängenden Fragen in Worte fassen sollte.

33

Wondra strich ihr ganz sanft über die Wange. „Du kannst das Mysterium des Lebens nicht in einem Moment verstehen, schon gar nicht, wenn dein Verstand sich immer wieder hineindrängt. Lass es auf dich wirken, erlebe es."

„Aber dann kann ich ja eigentlich irgendwo in meinem Lehnstuhl sitzen, mich nicht bewegen und nur auf das lauschen, was in mir ist ", überlegte Katharina laut.

„Es ist nicht ganz so ", erwiderte Wondra. „ Zwar erschafft ihr Menschen mit eurem Inneren das Äußere, und zwar so, dass es in Resonanz mit dem Inneren tritt. Aber es mischt sich immer wieder der Verstand ein, so dass ihr gar nicht so sehr an die Tiefe eures Inneren kommt. Und dann", fuhr er fort, „bist du gar nicht der Mensch, der einfach nur im Lehnstuhl, von dessen Existenz ich im Übrigen nichts weiß, sitzen bleibt, wo das Leben um ihn herum pulsiert." Bei dieser letzten Bemerkung zog er wieder sein Näschen kraus, und seine Augen blitzten spitzbübisch. „Man kann natürlich im Lehnstuhl sitzen und eine äußere Schönheit genießen, wenn die Antenne für diese Schönheit vorhanden ist. Im ganzen Leben geht es immer um Resonanzen, allerdings um veränderbare. "

„Es gibt also Menschen, die sehen das Schöne nicht, können sich aber so verändern, dass sie dann doch irgendwann das Schöne wahrnehmen?" fragte Katharina leicht irritiert. „Ja, das ist so", nickte Wondra. „Manchmal braucht es einen Ruck im Leben. Ihr nennt es Krise und habt Angst davor. Ich würde es komplette Neuordnung nennen."

„Dann hat man ja ganz viel selbst in der Hand, um sein Leben zu gestalten. Dann kann man sich das ja richtig schön machen". Diesen letzten Satz murmelte Katharina leise, denn es kam ihr plötzlich sehr egoistisch vor, es sich nur schön machen zu wollen. Ihr Schutzengel schaute sie liebevoll an. „Das hat mit Egoismus nichts zu tun. Egoismus schafft wieder eine eigene Resonanz; aber darüber sprechen wir noch. Jetzt lass uns einfach noch ein wenig genießen."

Der Engel war ganz froh, mit seinem Schützling einmal in seinen eigenen Gefilden zu sein. So brauchte er nicht jeden Augenblick auf ihn, in diesem Fall auf sie, zu achten. Hier waren alle geschützt.

Katharina hatte etwas auf dem Herzen. In dieser Wunderwelt war es etwas vergleichbar Kleines, dennoch war es eine Überlegung wert.

„Wieso sind wir durch ein echtes Tor geflogen? Ihr Engel könnt euch doch so, wie ihr gerade wollt, in den verschiedenen Welten hin und her bewegen."

Wondra strahlte Katharina an. „Ich finde es wunderbar, wie schnell du dich in unsere Existenz hinein versetzen kannst." Dann zeigte er wieder seine v-förmige Falte über der Nasenwurzel und erwiderte erklärend: „Das Tor war lediglich für dich da. Ein Zeichen dafür, dass wir jetzt unsere Welt betreten. Es ist schwieriger, wenn Menschen übergangslos von einer Welt in die andere gezogen werden. Und die Bewegung, die du gespürt hast, ist wichtig für deinen Körper, um die Dimension zu wechseln. Das Tor hat es dir leichter gemacht."

Das leuchtete Katharina ein. Sie hatte das Gefühl, dass sie alles verstand, was Wondra ihr erklärte.

Plötzlich machte Wondra ein Gesicht, als ob er lausche. Dann nickte er, und ein Strahlen glitt über sein Gesicht. „Ich bekam gerade eine Nachricht von den Erzengeln. Erzengel Michael persönlich möchte, dass wir jetzt zu ihm kommen."

35

„Das geht ja hier zu wie bei Königs", dachte Katharina, hütete sich aber, es laut werden zulassen. An seinem spitzbübischen Blick erkannte sie, dass ihr Begleiter es verstanden hatte. Sie hatte wieder einmal nicht daran gedacht, dass er ihre Gedanken so verstand, als ob sie sie aussprächen.

„Alles, was du denkst, fühlst und beabsichtigst, strahlt eine Energie aus. Diese Energie fangen wir auf. So wie ihr Menschen Worte auffangt. Nur ist das, was wir mitbekommen, authentischer, essentieller und in der Regel ehrlicher."

„Oh Gott", dachte Katharina in leichter Verzweiflung. „Was mach ich bloß bei dem Erzengel Michael. Er wird mich durchleuchten wie ein Röntgenapparat."

„Michael ist in seiner ganzen Existenz, deren Entstehung außerhalb der menschlichen Zeit liegt, mit Allem vertraut, was der Erdenbürger denkt und fühlt", warf Wondra ein. „Er ist durch nichts zu erschüttern. Er wirkt vielleicht manchmal ein wenig streng; aber das liegt daran, dass er durch und durch klar ist. Dies ist bei euch Menschen nur in ganz seltenen Fällen zu finden. Es ist etwas, das den meisten Lebewesen Angst einflößt."

„Ist es bei euch auch so? " fragte Katharina neugierig. „Habt ihr auch Angst vor ihm?"

Wondra dachte einen Moment nach. Dann antwortete er: „Ich glaube, Gefühle wie Angst sind uns fremd. Nenn es Respekt, den wir unserem oberen Erzengel entgegen bringen."

„Wie ist es dann mit Freude?" musste Katharina noch wissen. „Das ist doch auch ein Gefühl."

„Wir sind gewebt aus Freude und Liebe", antwortete Wondra ernst. Dann stahl sich wieder ein Lächeln in sein

Gesicht. „Allerdings sind wir Schutzengel ebenfalls mit den Menschen so vertraut, dass uns keines ihrer menschlichen Gefühle fremd ist."

Dann nahm er Katharina bei der Hand. Sie spürte so etwas wie einen leichten Wind. Und dann standen sie vor einem weiteren Tor oder besser, es stand plötzlich ein weiteres Tor vor ihnen. Groß und mächtig stand es vor ihnen. Es wirkte sehr alt, aber seine Beschläge blinkten in dem hellen Licht, das sie von allen Seiten umgab.

# Kapitel 5

Das Tor öffnete sich, und eine Gestalt in Katharinas Größe verneigte sich leicht und wies sie mit einer Handbewegung an, hereinzukommen.

Katharina blickte sie neugierig an. Die Gestalt sah ganz anders aus als der kleine Engel. Katharina nannte ihn immer noch bei sich den „Kleinen Engel", obwohl er jetzt eher ein winziges Stückchen größer war als sie. Das Gesicht des kleinen Türöffners wurde umrahmt von zotteligen Locken, und in seinen Augen fehlte der klare Blick, den Katharinas Begleiter ausstrahlte. Auch seine Stimme hörte sich etwas rau an. Katharina beschloss, Wondra später danach zu fragen.

Sie gingen einen langen Gang entlang, an dessen Seiten viele Fenster angebracht waren, durch die das helle Licht herein fiel. Der Gang verengte sich nach vorn hin und endete in einer Art Lichtwirbel, den züngelnde Flammen zu umgeben schienen. Es fühlte sich an, als ob sie langsam auf einen Magneten zuschritten. Irgendetwas zog sie mit unwiderstehlicher, wenn auch sanfter, Kraft an. Katharina verspürte den Drang, umzukehren. Da fühlte sie den beruhigenden Druck Wondras auf ihrer Schulter.

Ihre Füße berührten kaum noch den Boden, und wieder fühlte sie sich in den Lichtwirbel hineingezogen. Als Katharina Boden unter ihren Füßen spürte, sah sie sich einer unbeschreiblichen Gestalt in einem flammenroten Gewand gegenüber. Sie schien den Raum auszufüllen, obwohl sie nicht viel größer war als ein hoch gewachsener Mensch, wie Katharinas zaghafter Blick feststellte.

Das Gesicht von ebenmäßiger Harmonie wurde beherrscht von den Augen. In der Iris von undefinierbarer Farbe, leuchteten rote Pünktchen. Sie schienen alles zu durchdringen, dennoch spürte Katharina jetzt keine Furcht mehr.

Sie folgte einem inneren Impuls und verneigte sich. Sie fühlte sich klein, aber in ihrer Kleinheit fühlte sie sich angenommen. In keinem Winkel ihrer Person verspürte sie die Absicht, sich anders, besser, größer zu geben, als sie war. Und das hatte nichts damit sie tun, dass sie in einem guten Licht erscheinen wollte, es entsprang einfach einem Urbedürfnis, so zu sein, wie sie war.

Als sie sich dessen bewusst war, stieg in ihr ein unendliches Gefühl von Freiheit auf, und sie verneigte sich noch einmal voller Inbrunst vor dieser Lichtgestalt.

Sie spürte eine ganz leichte Berührung an der Schulter, eine Berührung, die ihr wie ein Stromstoß durch den ganzen Körper schoss.

Als sie aufblickte, sah sie, wie diese unbeschreiblichen Augen etwas ausstrahlten, was für sie Güte und Klarheit in einem war.

„Willkommen, Katharina", hub der Erzengel an, und seine Stimme erfüllte den ganzen Raum. „Willkommen."

Katharina fühlte sich leicht benommen von dem Licht und der Mächtigkeit dieses Engels. Wieso hatte sie diese Welt betreten dürfen!

Die kraftvolle Stimme des großen Engels fuhr fort:

„Hin und wieder darf ein Schutzengel seinen Schützling zu uns bringen. Meistens ist dieser Schützling ein Kind, das für unsere Welt noch offen ist. Es sollte wach sein, sich aber auch seine Unschuld bewahrt haben. Wissbegierde und Sinn für das Zauberhafte sind die Voraussetzungen, damit sein Schutzengel es guten Gewissens zu uns bringen kann. Der Mut, etwas zu wagen, ist ein weiteres Attribut für so eine Reise. Wichtig ist auch, dass du später das Wesentliche unserer Welt in das tägliche Leben einfließen lässt, ohne dass ein Mensch auf die Idee kommt, er würde auf eine unrealistische Art missioniert werden."

Katharina stand da mit großen Augen. Sie verstand nicht alles, was der Erzengel sagte, aber es hörte sich irgendwie großartig an. Meinte er wirklich sie? Michael ging nicht weiter auf ihre Gedanken ein, obwohl Katharina sicher war, dass er sie lesen konnte, mindestens so gut wie Wondra. Er fuhr fort: „Wenn du zu Hause bist, wirst du all das, was ich gesagt habe und was du hier erlebt hast, im Detail vergessen. Aber es wird in dir wirken und durch das, was du erleben wirst, wach werden und wachsen. Du musst nichts Großartiges dazu tun, einfach nur sein, wie du bist."

Katharina hob den Kopf und blickte Michael in die Augen. Sie schluckte, weil diese Augen gar so intensiv blickten, aber sie musste es aussprechen: „Ist es denn gerecht, wenn nicht jedes Kind die Chance hat, einmal in eure Welt geholt zu werden?" fragte sie, leicht zitternd ob ihrer Frage.

Michael lächelte: „Das ist das, was ich an dir schätze: Deinen Mut und deinen Gerechtigkeitssinn. Du hast Recht. Es wäre ungerecht, zumindest in der menschlichen Auffassung von Gerechtigkeit, wenn wir nur eine kleine Auswahl träfen. Aber im Schlaf, im Traum, wenn eure Seelen auf Reisen gehen, kommen sie oft zu uns. Nur – die Wenigsten vertragen mit offenen Sinnen eine direkte Begegnung mit unserer Welt, zumindest wenn sie ein gewisses Alter erreicht haben. Die kleinen Kinder gehen ungefähr bis zu ihrem zweiten Lebensjahr ganz selbstverständlich mit uns geistigen Wesen um. Wenn die Kinder etwas von uns verlauten lassen, sagen die Erwachsenen ihrer Umgebung, wie um sich selbst zu beruhigen: Ach geh, du hast geträumt.

In ganz seltenen Fällen unterstützen die Erwachsenen die feinen Sinne ihrer Kinder. Das ist unsere Erfahrung. Auch du wirst deinen Besuch bei uns in dieser Klarheit nicht erinnern. Er wird allerdings ein bisschen mehr in deinem Bewusstsein sein, als wenn du dich nie mit deinem Schutzengel auf diesen Weg gemacht hättest. Und er wird dein Handeln stark beeinflussen."

Der große Engel hielt eine Hand über Katharinas Scheitel, und sie spürte eine heiße Welle durch ihren Körper strömen, die in ihr gleichzeitig Wachheit und eine tiefe Ruhe hervorriefen.

Michael wandte sich an Wondra: „Führe Katharina weiter zu meinen Gefährten Du weißt, Raphael liebt Kinder über alles und wird sich ihrer gern annehmen. Uriel kann ihr noch einige Zusammenhänge von dem Erdenleben erklären, und Gabriel ist immer für eine Überraschung gut."

Beim letzten Satz verstärkte sich die Aureole um den Erzengel und löste langsam seine Gestalt in einer Lichtwolke auf.

# Kapitel 6

Katharina blickte immer noch wie gebannt auf die Stelle, wo der Engel gestanden hatte.

Dann öffnete sich an der Seite ein kleineres Tor, durch das Wondra und Katharina wieder in den Garten gelangten.

Irgendwie hatte sie das Gefühl, dass das helle Licht, deren Quelle sie nicht ausmachen konnte, noch heller geworden war.

Sie druckste an einer Frage rum, die sie sehr beschäftigte. Ihr Begleiter schaute sie schmunzelnd an und ermutigte sie: „Sprich einfach aus, was du auf dem Herzen hast."

Katharina befeuchtete ihre trocken gewordenen Lippen und fragte etwas ängstlich: „Kann man von hier aus auf die Erde schauen und die einzelnen Menschen beobachten?" Die Antwort des Engels haute sie buchstäblich um: „Mit einem Teil unserer Energie sind wir immer mitten unter ihnen. Wir sind immer hier und dort, eigentlich überall. Das ist das Universelle unserer Wesensart. Wir Schutzengel sind ohnehin immer in der Nähe unserer Schützlinge und können bei Bedarf unsere Sinne auch auf die Menschen richten, die zu ihnen gehören oder verantwortlich für sie sind wie Eltern, Familienmitglieder, Freunde, Lehrer. Wir greifen ein, wenn sie unseres Schutzes bedürfen und auch da nur mit voller Kraft, wenn es mit ihrem Schicksalsweg vereinbar ist. Allerdings lieben wir es, wenn wir gerufen werden und sehen dann zu, dass wir ihnen eine wirkliche Hilfe sind."

In Katharinas Kopf entstand ein ganzer Fragenkomplex. Sie beschloss, das Thema Erden- und Schützlingsnähe erst einmal aufzuschieben.

Vorrangig erschien ihr im Augenblick der Begriff „Schicksalsweg".

„Das würde ja bedeuten, dass ihr lange nicht immer helft. Wie trefft ihr denn eure Auswahl?"

Katharina schaute ihn erwartungsvoll an. Wondra gestattete sich ein leichtes inneres Seufzen. Mit welchen Worten sollte er ihr den Komplex, der sich um Schicksal, Vorsehung, Zufall und ähnlichem drehte, erklären. Es berührte ihn, mit welchem Vertrauen sich sein Schützling an ihn wandte, um Antworten auf diese grundlegenden Fragen zu bekommen.

Ihm kam die rettende Idee, wie er sich dieser Verantwortung zumindest für den Moment entziehen konnte.

„Diese Frage kannst du wunderbar einem der Erzengel stellen", erwiderte er und beglückwünschte sich innerlich zu dieser salomonischen Antwort. „Ich erinnere mich, dass Michael gesagt hatte, dass wir sie gleich noch aufsuchen können. Ich bin sicher, sie werden sich mit Engelsgeduld all diesen Fragen widmen." Katharina musste über den Begriff Engelsgeduld etwas kichern, und Wondra verzog sein Gesicht ebenfalls zu einem spitzbübischen Lächeln. Sie sahen sich an, der Engel und das Kind, und bemühten sich um den durchaus angebrachten Ernst, brachen aber dann in ein nicht zu bremsendes Gelächter aus. Für Katharina war dieses gemeinsame Lachen befreiend, ihre Spannungen entluden sich, und sie spürte wieder die Liebe zu ihrem Begleiter, der sie so ohne Worte verstand.

Dann fiel ihr noch etwas ein, was sie dringend fragen wollte. „Was war mit dem Wesen, das uns die Tür öffnete? Es sah so anders aus als du." Katharina wunderte sich, dass sie das Wort Wesen gebrauchte. Aber schließlich war der kleine Pförtner weder ein Mensch, noch hatte er etwas Engelhaftes an sich.

„Das ist Tissy", erklärte Wondra. „Tissy hat ein etwas raues Erdendasein hinter sich. Er war ein Mensch, dessen Hauptvergnügen darin bestand, andere hereinzulegen oder sich zum selbsternannten Führer aufzuschwingen und sie in die Irre zu führen. Er starb noch als junger Mann, und es geht das Gerücht, dass er während seines letzten Atemzuges Reue gezeigt hat. Michael selbst hat sich seiner angenommen und ihm den Platz an seinem Tor zugewiesen. Das, was du von ihm wahrgenommen hast, ist seine Seele, die dabei ist, sich den höheren Schwingungen anzupassen. Michael würden selbst die kleinsten Regungen nicht entgehen. Bedenke, er nimmt nicht nur das wahr, was ein Geschöpf bereit ist zu zeigen, sondern alles, was sich im menschlich seelischen und geistigen Bereich abspielt. Ich denke, Tissy ist auf dem besten Weg."

Während in Katharinas Gehirn neue Fragen entstanden, entgegnete Wondra rasch: „Die nächsten Fragen diesbezüglich wird dir Gabriel beantworten."

Katharina hatte nicht weiter auf den Weg geachtet und hörte jetzt ein leichtes Rauschen, das sich mit jedem Schritt verstärkte. Sie blickte auf und stand vor einem Felsen, der sich majestätisch aus der Landschaft erhob. Wondra nahm sie fester an die Hand und führte sie um den Felsen herum. Und da sahen sie den herrlichsten Wasserfall, den man sich vorstellen kann. Katharina legte den Kopf weit in den Nacken, um den Wasserfall in seiner ganzen Größe wahrzunehmen: Er ergoss sich mit solcher Wucht aus einer dermaßen großen Höhe, dass das Wasser im Aufprall eine Gischt erzeugte, die sich in diesem hellen Licht in tausend farbige Funken verwandelte.

Mit zügigen Schritten ging Wondra auf den Wasserfall zu, und Katharina musste wohl über übel mitgehen; denn ihr Begleiter hielt sie fest an der Hand. Ihr Herz klopfte, als sie nur noch einige Zentimeter von der Wasserwand entfernt waren. Die Frische wehte sie an wie ein leichter Sommerwind, und dann gingen sie mitten hindurch. Katharina spürte keine Nässe und keine Kälte, es ging nur wie ein Prickeln durch ihren Körper so ähnlich wie am letzten Silvester, als sie zum ersten Mal um Mitternacht einen Schluck Sekt hatte trinken dürfen.

Hinter dem Wasserfall gelangten sie in eine Höhle, die wiederum von diesem hellen Licht erfüllt war, das Katharina bereits aus dem Garten und dem Palast des ersten Erzengels kannte. Die Wände erweckten den Eindruck, als seien sie mit einem in allen Grüntönen schimmernden Tuch bedeckt. Am frappierensten war, dass all diese Changierungen eine bestimmte Richtung zu haben schienen. Es war, als strebten sie einem entfernt liegenden Mittelpunkt zu, in dem sich all diese Grüntöne fingen. Der Mittelpunkt näherte sich, und wieder hatte Katharina das Gefühl, als würde sie magisch von ihm angezogen. In ihm kulminierte das Grün zu einer solchen Leuchtkraft, dass Katharina die Augen für einen Augenblick schloss.

# Kapitel 7

Als sie sie wieder öffnete, sah sie sich einer strahlenden Figur gegenüber, deren imposante Gestalt mit einem Gewand bekleidet war, das aus dem Stoff schien, dessen leuchtend grüne Farbschattierungen auch die Wände bedeckte.

Sie wusste, sie stand vor dem Erzengel Gabriel, dessen meergrüne Augen sich tief in ihre senkten. Wieder spürte sie den unbezähmbaren Drang, sich tief vor dem Erzengel zu verneigen. Gabriel umfing seine beiden Besucher mit einer herzlichen Gebärde „Seid mir willkommen", sprach er mit einer Stimme, die vielfach von den Wänden widerhallte. Katharina verspürte leichte Angst in sich aufsteigen. Diese Stimme schien von irgendwo herzukommen, sie schien nicht auf eine Person konzentriert zu sein. Sie schaute sich irritiert um.

Wondra drückte liebevoll ihren Arm: „Vergiss nicht, dass Gabriel der Verkündigungsengel ist", flüsterte er. „Mit dieser Stimme gibt er Botschaften weiter, formt Visionen in Worte um." Katharina schaute dem Erzengel ins Gesicht. Sie sah die hohe gewölbte Stirn, die hellen Locken und die tiefgrünen Augen mit dem intensiven Blick.

Gabriel winkte seinen beiden Besuchern, ihm in den anliegenden Raum zu folgen. Hier waren die Farben etwas blasser, so als ob jemand eine Lampe etwas gedimmt hatte. Gabriel nahm auf einem Polster Platz und gebot beiden mit einer einladenden Handbewegung, das

Gleiche zu tun. Als er jetzt wieder sprach, hatte seine Stimme immer noch einen vollen Klang; schien aber leiser geworden zu sein, obwohl sie immer noch aus dem ganzen Körper heraus zu kommen schien.

„Du hast dir einige Fragen für mich aufbewahrt?" stellte der große Engel fest. Katharina druckste ein wenig rum. Genau genommen fand sie es jetzt einfach zu keck zu sagen: „Also wie ist es denn so mit dem Schicksal? Helfen die Schutzengel oder nicht, und wie treffen sie ihre Auswahl?"

„Das sind viele Fragen auf einmal", sinnierte Gabriel. „Aber sie laufen auf dasselbe hinaus." Katharina erschrak. Sie hatte total vergessen, dass die Engel Gedanken so verstanden, als seien es gesprochene Worte.

Aber irgendwie war sie auch erleichtert, dass sie das Gewirr ihrer Gedanken nicht vorsortieren musste. Gabriel verstand sie auch so. Dennoch fühlte sie sich bemüßigt, wenigstens einige Worte von sich zu geben. Schließlich war sie kein kleines Kind mehr.

„Wondra sagte mir, dass Schutzengel dann nicht helfend eingreifen, wenn das Schicksal es anders mit dem Menschen meint. Eigentlich bräuchten sie ja gar nicht einzugreifen, wenn es nur um die Fälle geht, wo das Schicksal es eh mit den Menschen gut meint." So jetzt war es raus. Es war Katharina nicht ganz klar, ob sie ihre Sätze nicht zu forsch von sich gegeben hatte. Vielleicht hätte sie sich einfach diplomatischer ausdrücken können. Aber eigentlich nur, um die Form zu wahren. Verstanden hatte sie der Engel ohnehin schon. Wenn es nur alles nicht so kompliziert wäre. Sie hatte sich immer gedacht, dass es eine Erleichterung wäre, die Gedanken ihrer Mitmenschen zu kennen. Nein, sie glaubte inzwischen, es sei eher eine Belastung. Gedanken sind zwar authentischer als Worte, andererseits sind sie oft verworrener, weil häufig mehrere Gedankenimpulse aufeinander treffen, die man erst entwirren und sortieren müsste. Außerdem sind sie oft nur vorübergehend, da sie meist abhängig von der Stimmung des Augenblicks sind.

Die unergründlichen Augen blitzten ein wenig. „Mit den menschlichen Gedanken und Gefühlen ist es in etwa wie in einem Solokonzert mit Orchesterbegleitung", schmunzelte Gabriel. „Viele Stimmen treffen sich. Dabei geht es nicht immer harmonisch zu. Aber immer wieder erhebt sich das Soloinstrument in seiner ganz eigenen Stimme und widmet sich dem Thema. Wenn ich mich recht entsinne, hattest du bereits mit Wondra so eine Art Vorgespräch. Die Frage ist: Helfen die Schutzengel immer, oder müssen sie sich zurückhalten, wenn das Schicksal es anders mit den Menschen meint?"

Katharina nickte eifrig. Besser hätte sie es jetzt nicht ausdrücken können, zumindest nicht mit den wenigen Worten.

Gabriel schloss die Augen. Erst jetzt nahm Katharina die Aureole um den Kopf des Engels wahr. Oder war sie jetzt nur stärker zu sehen?

„Generell hat jeder Mensch, ob Kind oder Erwachsener, mindestens einen Schutzengel", hub Gabriel an. „Der persönliche Schutzengel tut sein Bestes, seinem Schützling in den verschiedensten Situationen zu helfen. Manchmal wird diese Arbeit erschwert, weil Menschen die Gefahr als Herausforderung ansehen. Außerdem gibt es etliche Menschen, die alles, was sie nicht unmittelbar mit ihren menschlichen Sinnen und dem Verstand nachvollziehen können, ignorieren oder sogar ablehnen. Auch ihnen wird geholfen, allerdings erklären sie es immer wieder mit Zufall oder eigenem Können. Einige wiederum reden von Glück. Und es gibt auch immer wieder Menschen, die innerlich denken, es sei Göttliche Fügung.

Nun brauchen wir Engel nicht den Leistungsbonus. Das heißt, wir sind nicht davon abhängig, dass Menschen unseren Dienst und unsere Hilfe schätzen und dankenswert erwähnen. Es wäre nur für sie selbst sehr förderlich, wenn sie ihre feinen Antennen und auch Freude und Dankbarkeit entwickeln würden. Gerade Dankbarkeit lässt eine wunderbare Energie durch den Menschen fließen, unabhängig davon, auf wen oder auf was sie gerichtet ist. Ich meine die Dankbarkeit, die aus dem Herzen kommt, nicht die gesellschaftliche Dankbarkeit, die einem Pflichtgefühl entspringt. Ein Erdenleben mag dir lange vorkommen. Ein alter Mensch würde sagen, es sei ziemlich kurz. Jeder hat auf seine Art Recht. In jedem Menschen lebt ein Göttlicher Funke, etwas, das unzerstörbar ist. Dieser Funke sehnt sich danach, in einem Körper zu leben, der sich bemüht, seine feinen Sinne zu entwickeln. Denn dann entsteht zwischen diesem Funken und seinem Körper eine Resonanz. Der Schutzengel ist also zuallererst dafür da, dass sich die feinen Sinne entwickeln. Seine Schutzfunktion vor materiellem Schaden ist zusätzlich, läuft aber häufig Hand in Hand mit dieser ersten Aufgabe. Wir alle entscheiden, ob der Weg des Menschen ihn dahin bringen wird, sich im Erdenleben oder in der geistigen Welt weiter zu entwickeln. Du weißt inzwischen, dass in unserer Dimension die Zeit anders tickt als in eurer dreidimensionalen Welt. Also kannst du vielleicht nachvollziehen, dass hier in aller Ruhe mit dem geistigen weisen Rat darüber entschieden wird, ob ein Mensch in Gesundheit sein Erdenleben fortsetzen soll oder kann. In diese Entscheidung fließen immer auch die menschlichen Gedanken, Gefühle, Taten und Entscheidungen mit ein. In Erdenzeit dauert das den

Bruchteil einer Sekunde. Das Schicksal des einzelnen Menschen ist so diffizil, dass ich dir nicht alle Möglichkeiten aufzählen kann. Aber eins kann ich dir sagen: Die Kraft, die in einem Menschen wirkt, sein Gottvertrauen, seine Neigung, sich seinem Engel zuzuwenden, öffnet ihm das Tor zu seiner von Geburt an geschenkten persönlichen Freiheit.

Dann gibt es Situationen, in denen der Schutzengel im Bruchteil von Sekunden die Entscheidung treffen muss einzugreifen. Das Verhalten des Schutzengels wird bestimmt von dem Leben seines Schützlings, seinen Vorstellungen und seinen Möglichkeiten. Auch die Entschlossenheit des Menschen, etwas fortzuführen oder gut machen zu wollen, spielt eine Rolle für das Eingreifen des Engels.

Dazu musst du wissen, dass der Schutzengel grob den Lebensweg seines Schützlings vor sich sieht und seine Spontanität noch viel stärker ist als die menschliche.

Er sieht in dem winzigen Augenblick kurz vor der Situation die kleine Wendung, die das Leben seines Schützlings machen würde, wenn er eingreift. Deshalb kann man auch nicht sagen, dass bei der Geburt eines Menschen bereits sein ganzes Leben fest steht. Selbst der Todeszeitpunkt eines Menschen ist variabel, da jeder Augenblick im Leben eines Menschen Einfluss auf seine Zukunft hat. Und in jedem Moment kann der Mensch zusammen mit seinen geistigen Helfern neue Entscheidungen treffen.

Diese ständigen Entscheidungen sind ihm natürlich nicht bewusst; denn sie sind nicht eine Angelegenheit des Verstandes. Sie sind Produkte des gesamten menschlichen Gefüges, seines seelischen und geistigen Gerüstes und daher sehr schwer, in eindeutige Worte zu kleiden.

Doch vergiss nie: Was auch mit dem Menschen passiert, sein Schutzengel ist da, stellt sich vor ihn, hält ihm die Hand oder wiegt ihn in seinen Armen."

Gabriel nahm Katharinas Hände in seine. Seine Worte und die Berührung bewirkten wieder eine intensive Wärme in Katharinas Herzen. Es flutete eine starke Dankbarkeit von ihr zu der Engelwelt, in deren Schoß sie sich so aufgehoben fühlte.

Das Letzte, was sie von Gabriel sah, war sein Lächeln. Dann verblasste die Umgebung. Und wieder erschien ihr das Licht heller als vor ihrem Gang in die Wasserfallhöhle.

# Kapitel 8

Vor ihnen breitete sich eine bizarre Landschaft aus. Ockerfarbene Hänge lösten das Grün der Täler ab. Sie befanden sich auf einem dieser steilen Hügel, so dass Katharina sich fragte, wie um alles in der Welt sie von dort wieder hinunter kommen sollte, umso mehr, da Wondra gerade jetzt nicht ihre Hand hielt.

Dass es hinuntergehen sollte, daran bestand kein Zweifel; Wondra hielt direkt auf den Abhang zu. Er schaute auf seinen Schützling, und seine Stimme hatte einen mitfühlenden Klang, als er Katharina aufforderte, mit ihm dort hinab zu gehen. „Du wirst merken, in dem Moment, wo du den ersten Schritt getan hast, ist es leicht, hinunter zu gehen. Sei einfach ganz bei dir und eile nicht mit den Gedanken der Strecke voraus." Der Weg war breit genug, so dass die beiden nebeneinander gehen konnten, und allein die Wärme, die Wondra ausstrahlte, bewirkte, dass Katharina sich wieder sicher fühlte. Sie war bei jedem ihrer Schritte ganz konzentriert, und es überraschte sie fast, als sie den Boden des Tales erreicht hatten.

Wondras Lächeln zeigte ihr, wie wichtig es für sie war, ihre Konzentration bei sich zu behalten, während sie diese Schritte selbstständig machte.

„So, wie du jetzt bewusst jeden Schritt gemacht hast, so bewusst kannst du jedem Augenblick gegenüber treten. Und selbst, wenn du das nicht in jedem Augenblick machst, denn es gehört schon eine reife Persönlichkeit dazu, das zu schaffen, helfen dir diese Momente, deine Lebensenergie zum Fließen zu bringen."

Katharina verstand genau, was der Engel meinte; denn sie fühlte in sich eine neue Stärke, nachdem sie den Boden erreicht hatte.

In dem Tal war das Grün ebenfalls in Gelb- und Ockerfarben übergegangen. Leberblümchen und Sumpfdotterblumen gaben diesen Farbtönen ihre Lebendigkeit. Vor ihnen stand eine kleine Holzhütte. Katharina packte ein fast heimeliges Gefühl. „Die könnte auch bei uns im Garten stehen", sinnierte sie.

Wondra lächelte. „Richtig. Weißt du, Uriel ist der erdnächste Erzengel. Erde ist sein Element. Er hat den größten Realitätssinn, ist mit vielen Gewohnheiten der Menschen vertraut und kann Vieles noch genauer und für dich vielleicht eindeutiger erklären. Komm, lasst uns jetzt hinein gehen, ich bin sicher, er erwartet uns schon."

Sie betraten die Hütte, und Katharina traute ihren Augen nicht. Das, was von außen eher wie ein Gartenhäuschen gewirkt hatte, bot sich ihren Blicken im Inneren als ein riesenhafter Holzbau dar. Die hohe Decke wölbte sich über einem luftigen Raum, der den Duft von frischem Holz enthielt. Feine Schnitzereien schmückten die Wände. Lampen aus Glas und braunem Metall verströmten ein warmes Licht. Gespannt wartete Katharina auf das Erscheinen des Engels.

Neben ihr entstand eine Bewegung. Katharina schaute genauer hin und bemerkte eine Gestalt, die ungefähr so groß war wie sie. Ein paar flinke Augen blickten ihr aus einem runden, gutmütigen Gesicht wachsam entgegen. Das Kerlchen hatte einen braunen Anzug an, und unter der ockerfarbenen Zipfelmütze quollen ein paar rotbraune Locken hervor.

„Der Chef ist in seinem Arbeitsraum", wisperte er. „Ich soll euch hinbringen. Er erwartet euch."

Katharina hatte es aufgegeben, sich zu wundern, zumindest für den Moment. Mit ihrem Begleiter folgte sie dem Kobold, wie sie ihn insgeheim nannte. Das Insgeheime konnte sie sich allerdings abschminken. Wondra grinste vor sich hin, während er meinte. „Du hast völlig Recht, es ist ein Kobold. Du bekommst wirklich langsam einen Blick für unsere Welt. Er heißt übrigens Leopold."

Sie gingen eine Treppe aus gestampftem Lehm hinunter. Auch hier gab es das heimelige Licht, das sie den ganzen Weg über begleitet hatte. Ein langer Gang führte sie zu einem Tor mit eisernen Beschlägen.

Als die drei dieses Tor erreichten, schien es sich von allein zu einem weiten Raum zu öffnen. Beherrscht wurde dieser Raum von einem Licht an der gegenüber liegenden Wand. Zunächst fiel die Aureole ins Auge, die verhinderte, dass Katharina überhaupt irgendetwas anderes sah. Aus der Mitte der Aureole löste sich eine Gestalt von mächtiger Statur, gehüllt in ein Gewand aus erdfarbenem, schimmernden Stoff.

Katharina betrat an Wondras Hand zaghaft den Raum und stand klopfenden Herzens vor dem Erzengel. Sie schaute ihm in die Augen, die von einem warmen Braun waren und gab auch hier dem Drang nach, sich zu verneigen.

Der Erzengel ergriff ihre Hände und zog sie sanft wieder hoch. „Ich freue mich, dass du den Weg zu uns gefunden hast", sagte er und umfing sie mit seinem warmen Blick. „Von dem Moment an, als Wondra dich von zu Hause holte, habe ich deinen Besuch erwartet."

Diese Sätze machten Katharina Mut für ihre nächsten Fragen: „Bekommt ihr alles mit, was so auf Erden geschieht?" fragte sie gespannt.

In dem Braun der Iris funkelten helle Pünktchen. „Du meinst, dass wir uns auf die Lauer legen, um mitzubekommen, was die einzelnen Menschen so in ihrem Erdendasein treiben?" hakte er schmunzelnd nach. Katharina spürte, wie sie leicht errötete. „Nein, so habe ich es nicht gemeint", entgegnete sie zögernd. Jetzt lächelte der Erzengel und hob beschwichtigend die Hand. „Ich weiß, dass du uns keine Neugier im menschlichen Sinn unterstellst. Du weißt aber auch, dass wir helfend in das Schicksal des Menschen eingreifen können, und deshalb müssen wir auf dem Laufenden sein, was ihr Verhalten angeht."

Da war er wieder, der Begriff Schicksal, mit dem sie trotz der ausführlichen Erklärung von Erzengel Gabriel immer noch nicht allzu viel anfangen konnte.

„Jetzt bringen wir die Sache mal ein bisschen auf den Punkt", ließ sich Uriel vernehmen. „Du weißt inzwischen, dass wir nicht von dieser begrenzten Gestalt sind, in der wir uns hin und wieder, wie auch jetzt, zeigen. Die Schwierigkeit ist, nachzuvollziehen, was wir überhaupt sind. Das kannst du nicht, und das musst du auch nicht. Versuche, dir einmal vorzustellen, dass wir Engel wie Wolken sind, die ein ganzes Gebiet umhüllen und durchdringen.

Nimm als Beispiel eine Schönwetterwolke. Diese Wolke ist ein harmonisches Gebilde. Sobald sie mit etwas in Kontakt tritt, verändert sich ihre Dichte und ihre Farbe. Jede Berührung mit etwas anderem bewirkt also eine Energieveränderung. Dennoch bleibt sie in jedem Quadratmillimeter ihrer Ausdehnung sie selbst.

So ist es mit uns Engeln. Wir können uns ausdehnen, zusammenziehen und nehmen die menschlichen Energien auf. Wir umhüllen unsere Schützlinge, ihren Körper und ihre Seele. Und weil wir die Menschen nicht nur äußerlich umhüllen, nehmen wir auch ihre feinen seelischen Schwingungen auf.

Gleichzeitig sind wir verbunden mit dem Quell der Schöpfung, dem Kern allen Seins. Ihr nennt ihn in der Regel Gott. Er ist größer, unbegrenzter und liebevoller als alles, was ihr euch vorstellen könnt. Und wir Engel sind Teil Seines Geistes, praktisch von Ihm ausgesandte Gedankenkräfte. Damit leben wir in der absoluten Gegenwart, sind Wesen des Momentes, des Jetzt, oder noch abstrakter, Wesen der Zeitlosigkeit. Durch diese innige Verbundenheit mit dem Geist des Schöpfers sind wir immer bei ihm. Wir sind Er und gleichzeitig überall, so wie Er es auch ist. Wir handeln in jedem Moment, und wir wissen, ob und wie wir zu reagieren haben. Wir fragen nicht nach dem Warum. Denn das ist und bleibt auch für uns ein Mysterium. Deshalb wird dir kein Engel je die Frage beantworten können, warum nach menschlichem Ermessen dem einen geholfen wird und dem anderen nicht. Aber noch eins haben wir von unserem Schöpfer tief in uns hineingelegt bekommen: Die Liebe zu allen Geschöpfen."

Die Worte des Engels ließen Katharina wieder diese intensive Wärme in ihrem Inneren spüren. Sie war unendlich froh, hier zu sein und den Worten der Engel lauschen zu können.

Sie merkte, dass ihr etwas noch sehr am Herzen lag. „Wondra sprach davon, dass du einen engen Bezug zum Erdelement hast. Was bedeutet das?"

Uriel schloss die Augen, und einen Moment lang dachte Katharina, er sähe jetzt aus wie eine wunderschöne Statue aus Ton.

Dann sprach er: „Du hast sicher schon gehört, dass die Welt aus verschiedenen Grundenergien besteht. Erde, Wasser, Luft und Feuer, jeweils in ihren ursprünglichen Formen. Jeder von uns Vieren hat einen engen Bezug zu einem dieser so genannten Elemente. Gabriel hat einen Bezug zum Wasser, Michael zum Feuer, Raphael zur Luft und ich zur Erde. Wir haben wunderbare Helfer in den jeweiligen Elementen. Die Wesen des Wassers heißen Nymphen, die des Feuers Salamander, die der Luft Sylphen und die der Erde Kobolde oder Gnome. Abgesehen davon helfen uns noch viele Elfen, den Wald in Ordnung zu halten. Du kannst dir vorstellen, dass das zurzeit Schwerstarbeit bedeutet."

Katharina nickte heftig. Ihre Eltern hatten sie dazu angeleitet, so wenig Müll wie möglich zu produzieren und den Rest noch zu sortieren. Sie hatten ihr beigebracht, mit den Ressourcen der Erde sorgsam umzugehen, also weder Wasser zu verschwenden, noch Papier, für das die Bäume gefällt werden müssen. Menschen brauchen diese Dinge; aber es ist ein Riesenunterschied, ob man das Wasser einfach so laufen lässt und Papier verschwendet, oder ob man beides als das akzeptiert, was es ist: Geschenke der Erde. Auch in der Schule hörte sie immer wieder von den Belastungen der Umwelt. Manchmal hörte sich das recht bedrohlich an. Andrerseits schob sie es dann wieder beiseite, damit ihr Herz nicht so schwer wurde.

„Hat unsere Welt noch eine Chance?" fragte sie beklommen.

Uriels nächster Satz klang beruhigend. „Ja, ihr habt noch einige Chancen. Umso mehr, als die Zahl der Bewussten und Verantwortungsvollen unter euch stetig wächst. Die Erde wird es im Übrigen immer überleben. Wenn die Menschheit ausgestorben ist, wird sich die Erde ganz schnell regenerieren. Vergiss nicht, die Erde ist so etwas wie eure Mutter. Sie hat eine Seele, sie atmet, sie ernährt euch, und sie liebt euch. Das Verhalten vieler Menschen tut ihr weh, sowohl körperlich als auch seelisch. Ab und zu wehrt sie sich mit heftigen Bewegungen, das kommt dann leider immer zu einer Katastrophe. Wenn Jeder in seinem Bereich nachhaltig wirkt und es fertig bringt, dass der Funke zu seinen Mitmenschen überspringt, dann können wir hoffen, dass es immer mehr Menschen geben wird, denen das Wohl der Erde am Herzen liegt. Dann habt ihr große Chancen, dass die Umwelt sich erholt. Die Erde und die Natur werden es euch danken."

Eine nachdenkliche Stille breitete sich aus. Katharina spürte in sich den ganz starken Wunsch, in dieser und für diese Welt ihr Möglichstes zu tun.

Dann fiel ihr noch etwas ein: „Leopold sprach davon, uns in deinen Arbeitsraum zu führen. Wozu braucht ein Erzengel einen Arbeitsraum?"

„Gute Frage", lächelte Uriel. „Wir Erzengel brauchen keinen Arbeitsraum, unser Wirken ist grenzenlos. Aber unsere Welt bringt immer wieder neue Engelwesen hervor, die zuerst einmal in die Aufgaben der Helfer und später die der Schutzengel eingewiesen werden. Mir ist die nicht immer leichte Aufgabe zugefallen, diese Engel praktisch auszubilden. Aus diesem Grunde habe ich diesen Raum kreiert, von dem aus die Engellehrlinge die bereits eingewiesenen Schutzengel im Auge haben können, um an ihnen praktisch zu lernen." Er deutete auf ein großes rundes Fenster mit einem Durchmesser von circa drei Metern und winkte Katharina heran. Mit seiner linken Hand strich er ihr über die Augen, und mit der rechten deutete er dann auf das, was sich Katharinas Blicken darbot.

Zunächst sah sie überhaupt nichts. Dann bemerkte sie ein Auto, das ihr irgendwie bekannt vorkam. Es war genauso ein Auto, wie ihre Eltern eins besitzen.

Während Uriel an einem kleinen Rädchen drehte, sah Katharina ins Innere. Ihre Mutter saß am Steuer, und ihr Vater sprach lebhaft auf sie ein. Auf dem Rücksitz saß eine anmutige schöne Gestalt in leichten Nebel gehüllt. Der Nebel schien aber nicht nur die Gestalt, sondern auch das Auto einzuhüllen, das sich in raschem Tempo über die Landstraße bewegte.

Katharina war fasziniert. Sie schaute genauer hin und bemerkte, dass es nicht nur eine Gestalt war, die sich im Auto befand und ihre Energie über das Auto hinaus ausdehnte. Es schienen mindestens zwei Gestalten zu sein.

Freude wallte in ihr auf bei der Tatsache, dass ihre Eltern den Schutz ihrer ganz persönlichen Engel genossen. Doch dann durchzuckte es sie. Waren ihre Eltern schon auf dem Heimweg? Sie musste zurück in ihr Bett. Sie stieß mit Wondra zusammen, der sich ebenfalls zum Fenster geneigt hatte. Uriel beobachtete es mit leichtem Schmunzeln, mahnte aber dann: „Wondra, vergiss deine Aufgabe nicht. Sie hört auch hier nicht auf."

Wondra senkte seine Augen, er hatte sich offenbar eine leichte Rüge eingehandelt. Wenn allerdings in ihrer Schule Rügen so liebe- und verständnisvoll klingen würden, wäre Vieles in ihrem Schülerleben leichter. Dennoch hätte Katharina schwören können, dass Wondra leicht errötete. Aber Engel erröten doch nicht, dachte Katharina bei sich. Uriel beantwortete ihre Gedanken:

„Vergiss nicht", meinte der Erzengel, „dass sich die Schutzengel seit vielen Zeiten im Umkreis der Menschen aufhalten und demzufolge hin und wieder menschliche Züge aufweisen."

Katharina ergriff Wondras Hand und drückte sie liebevoll, und Wondra lächelte sie etwas scheu an. Katharina hätte ihn am liebsten in den Arm genommen, weil er in diesem Augenblick so menschlich wirkte. Allerdings dauerte das nur einen winzigen Moment, und dann blitzte der alte Schalk wieder aus Wondras Augen.

Zu Katharina gewandt, fuhr Uriel fort: „Mach dir keine Gedanken. Deine Eltern befinden sich erst auf dem Hinweg zu ihren Freunden. Du wirst rechtzeitig wieder in deinem Bett liegen."

Das begriff Katharina nun überhaupt nicht. Ihr Schutzengel war doch erst gekommen, als ihre Eltern schon länger unterwegs waren.

Wondra neigte sich zu Katharina und sagte: „Nimm diese Zeit nicht wörtlich und denke nicht weiter darüber nach. Uriel zeigt dir lediglich ein Bild von dieser Fahrt. Es ist müßig, dass du dein Zeitgefühl überstrapazierst. In unserer Welt hast du einfach endlos Zeit."

Uriel legte seine Hand auf Katharinas Scheitel, und sie spürte die ihr inzwischen schon vertraute Wärme durch ihren Körper strömen. Dann strich er Wondra über den Kopf und machte eine verabschiedende Geste. Leopold erschien und führte die beiden aus dem Raum. An der Tür dreht Katharina sich noch einmal um und nahm als Letztes den hellen Lichtschein wahr, den der Engel ausstrahlte.

# Kapitel 9

Irgendetwas war noch in Katharinas Hinterkopf. Sie spürte, da war ein Gedanke, der sich jetzt nach vorne drängte. Vielleicht nicht weltbewegend, aber doch von einer gewissen Dringlichkeit. Sie hielt an, bevor sie wieder ins Freie trat und wandte sich an Wondra: „Habe ich eigentlich jetzt wieder meine normale Größe?" Wondra nickte und öffnete seinen Mund für eine Erklärung. Etwas aufgeregt setzte Katharina noch hinzu „Seit wann und warum dieser Größenwechsel?"

Ihr Schutzengel erwiderte: „Wenn wir so klein sind, kommen wir, wie du weißt, besser durch die Tore, die auf dem Weg zu dieser Dimension liegen. Also genau genommen, kommst du besser durch diese Tore. Ich passe mich nur deiner jeweiligen Größe an. In dem Moment, in dem wir unser Reich betreten, das dem euren zwar nahe ist, dennoch aber in einer anderen Dimension liegt, verändert sich deine Größe wieder, damit du dich wohl fühlst und die Perspektive einnehmen kannst, die dir vertraut ist.

Im Übrigen können wir mit den winzigsten und den riesigsten Geschöpfen besser in Kontakt treten, wenn wir ihre individuelle Größe annehmen können." „Und wie ist deine wirkliche Größe?" fragte Katharina „Du hast gehört, was Uriel vorhin gesagt hat. Das trifft für uns alle zu. Wenn wir uns anderen Geschöpfen zeigen, nehmen wir die Gestalt und Größe an, in der sie uns als diejenigen wahrnehmen, die wir sind. Auch wenn ich dich jetzt gerade in unsere Welt entführt habe", und bei dem Wort

„entführt" zog sich sein Näschen kraus, und die Augen blitzten ein wenig übermütig, „so siehst du zwar viel und erfährst viel Neues, aber du kannst es natürlich nur in gewissen Grenzen wahrnehmen. Daher siehst du uns auch nur so, wie du uns ein wenig verstehen kannst."

„Wird sich das eines Tages ändern? Ich meine, werden sich meine Grenzen irgendwann verschieben?" Katharina glaubte fast nicht, dass sie das gefragt hatte. Sie spürte wieder, dass sie sich einem der ganz großen Themen näherte.

„Es wird sich eines Tages ändern, deine Grenzen werden sich verschieben. Eines Tages, wenn deine Seele in Übereinkunft mit dem Göttlichen beschlossen hat, die Dimension zu wechseln. Dann, wenn sie bereit ist, sich weiter zu entwickeln in einem Rahmen, den ihr die Erde nicht bieten kann."

Katharina wurde ganz feierlich zumute. „Und wenn ich dort jetzt schon hingehen möchte?" fragte sie leise. Wondras Lächeln löste jedoch ihre Beklommenheit auf.

„Der Weg wird um einiges schwerer, wenn der Mensch seinem Erdenleben selbst ein Ende macht. Es scheint, als würde er in eine Zwischendimension gelangen. Natürlich befindet er sich weiterhin unter dem Schutz unserer geistigen Welt. Aber dieser Schutz ist noch weniger wahrzunehmen als im Erdenleben. Somit hat dieser Mensch oft das Gefühl von Verlassenheit."

Es war ganz still nach diesen Worten des Engels. Katharina spürte ein heftiges Mitgefühl mit all den Menschen, die in ihrer Verzweiflung ihrem Leben ein Ende machen. Wondra nahm sie in die Arme. Er sprach: „Wir haben soeben von Michael ein Geschenk bekommen. Ich durfte einen Blick in deine Zukunft werfen. Du wirst als Erwachsene nicht nur einen wichtigen Teil deines Lebens der Erhaltung der Natur und damit der Erde widmen, du wirst auch einen Beruf haben, in dem du diesen Menschen, die in ihrer Verzweiflung ihrem Leben ein Ende machen wollen, helfen kannst. Wir werden gemeinsam helfen."

Beide, das Kind und der Engel, standen in schweigender Umarmung da, und Katharina erschien Gegenwart und Zukunft wie ein leuchtendes Feld.

Wondra löste sich liebevoll aus der Umarmung, nahm Katharina an die Hand und trat mit ihr aus dem Gebäude.

Die Szene hatte sich verändert. Ein riesiges Rosenfeld lag vor ihnen. Es zeigte alle vorstellbaren Farben vom reinsten Weiß über Zartrosa, allen Rottönen bis zu einem tiefen, fast schwarzen Rot. Katharina nahm einen unbeschreiblichen Duft wahr.

Sie dachte daran, dass sie mit ihren Eltern und Freunden hin und wieder einen Spaziergang „hinaus in die Natur machte", wie die Erwachsenen es nannten. Wenn sie nicht gerade herumtollte, fand sie es ein wenig langweilig, während die Großen sich gegenseitig darauf aufmerksam machten, wie schön die Natur und wie gesund die Luft sei. Doch hier konnte sie nicht genug bekommen von den Farben, dem Duft, den majestätisch gewachsenen Bäumen, den Blumen und der Weichheit und Nachgiebigkeit des Bodens.

„Habe ich das früher einfach nicht gesehen oder ist hier alles anders?" fragte sie und wunderte sich, dass sie das „Früher" aussprach, als handle es sich um ein früheres Leben.

Der Engel schmunzelte: „Es ist einfach so, dass einem die Sinne hier ganz anders aufgehen. Du nimmst dich und deine Umgebung hier wirklich anders wahr, intensiver und lebendiger. Die Natur und alles, was du um dich herum siehst, öffnet sich dir gegenüber auf seine ganz eigene Art."

Eifrige Hummeln, Bienen und Wespen erfüllten den Garten mit einem lebhaften Gesumm. Als sich zwei Wespen Katharina näherten, duckte sie sich erschrocken. Wondra legte ihr leicht die Hand auf den Arm. „Keine Angst", beruhigte er sie. „Niemand tut hier Irgendjemandem etwas zu Leide." „Wissen das die Wespen auch?" entgegnete Katharina zaghaft. Wondra lächelte. „Alle Wesen, die sich hier aufhalten, wissen es. Ihr Bewusstsein ist so weit gediehen, dass sie miteinander in Freundschaft und Liebe leben. Es ist tatsächlich das, was ihr Menschen als Paradies bezeichnet."

Sie betraten ein Waldstück, in dem sie durch eine Gasse von Baumkronen gingen, deren sattes Grün die Augen zu streicheln schien, während die Stämme, einen Duft von Harz ausstrahlten. Plötzlich nahm Katharina einige Meter vor sich neben einer großen Tanne eine Bewegung wahr. Als sie genauer hinschaute, sah sie ein Reh, das ohne Scheu zurückblickte. Ihr Herz machte einen kleinen Sprung, als sie langsam näher ging und ohne zu überlegen, ihre Hand ausstreckte. Das Reh kam ihr entgegen. Es war ein junges Tier, dessen dünne Beinchen zielsicher auf sie zustakten. Als es ganz nahe vor Katharina stand, blickte es sie mit seinen schönen Augen ruhig an. Katharina machte eine Bewegung, als wolle sie es streicheln, zögerte dann jedoch, als ihr einfiel, dass ein Wildtier, das von menschlicher Hand berührt wurde, von seiner Mutter verstoßen wird. „Du kannst es ruhig streicheln", ließ Wondra sich vernehmen. „Hier zählt nur, was man mit dem Herzen tut. Es gibt keine Fremdheit, keine Scheu. Die Bewohner dieser Welt schauen mitten in dein Herz hinein. Wenn auch nur ein Schatten darauf läge, würden sie sich gar nicht zeigen."

Das Reh wandte den Kopf und näherte sich dem Menschenkind. Katharina berührte vorsichtig den kleinen Rehkörper. Die Haut fühlte sich genauso samtig an, wie sie aussah. Sanft strich sie dem Reh über den Rücken. Es schmiegte seinen Körper eng an ihren. Es war wieder ein Moment, in dem Katharina vor Wonne hätte jubeln mögen. Dann bohrte sich das Schnäuzlein in ihre Handfläche, und es schien Katharina, als ob in den Rehaugen ein Leuchten entstand. Sie war sich nicht bewusst, dass auch über ihr Gesicht ein Strahlen glitt. Sie genoss diese Situation mit jeder Faser ihres Herzens und hätte sie am liebsten noch ausgedehnt.

Der Engel ließ ihr noch eine kleine Weile Zeit, bevor sein Räuspern ihr signalisierte, dass sie ihren Weg fortsetzen sollten. Das Reh hob den Kopf, und Katharina schien es, als ob es ihr zunicke. Dann wendete es sich um und sprang leichtfüßig zu den Bäumen hinüber, von wo es hergekommen war: „Auch wenn unsere Zeit nur in Erdensekunden wahrgenommen wird, müssen wir uns wieder auf den Weg machen, um zu Raphael zu gehen." erklärte er. „Sind diese vier Erzengel die einzigen hohen Wesen außer Gott?" Diese Frage lag Katharina sehr am Herzen. Wollte sie doch wissen, wie viele Bewohner diese geistige Welt enthielt.

„Oh nein", berichtete Wondra. „Es gibt hier viele sehr hohe geistige Wesen. Wir werden noch darauf zurückkommen. Die vier Erzengel allerdings haben ihre ganz besondere Bedeutung. Obwohl sie sehr hohe Engelwesen sind, sind sie sehr erd- und menschenverbunden. Ein weiteres sehr hohes Geistwesen, Metatron, wirkt auf einer anderen Ebene. Er ist sehr eng mit der Quelle allen Seins verbunden, ohne gleichzeitig in dieser intensiven

Nähe zum Menschen zu sein. Sein Name Metatron hat die Bedeutung „Bei Seinem Throne". „Was sind denn seine Aufgaben?" piepste Katharina vor Aufregung. Doch Wondra. schüttelte nur leicht den Kopf. „Er wirkt in Sphären, zu denen ich keinen Zutritt habe, so dass ich nicht viel von seinem Wirkungskreis mit bekomme." „Stimmt es, dass Engel früher einmal Menschen waren?" fragte Katharina. Das war eine Frage, die ihr schon lange am Herzen lag.

Wondra bekam diesen Blick, der ihr inzwischen verriet, wenn ein Thema richtig mächtig war. „Das stimmt so nicht", antwortete er schließlich zögernd. „Andrerseits ist das auch nicht ganz falsch." Katharina kam sich vor wie in der Schule, wenn ein besonders netter Lehrer ihr nach einer falschen Antwort noch ein Trostpflästerchen geben wollte. Wondra lächelte. „Nein, es ist anders als in der Schule. Du wirst noch sehen, dass es hier nicht die Eindeutigkeiten gibt, die du in der Schule lernst. Aber wir kommen gleich zu Raphael. Er wird dir alles Weitere so beantworten, dass es für einen Erdenbürger verständlich ist.

„Ist Raphael der höchste oder der verständnisvollste der Erzengel?" fragte sie neugierig.

„Das ist bei den Erzengeln immer schwierig zu beantworten", entgegnete Wondra nachdenklich. „Von den Vieren richten sich alle seit Ewigkeiten immer nach dem Wort des Michael. In gewisser Weise ist er der Chef. Er ist gütig und von einer Klarheit, die einschüchternd wirken kann.

Gabriel ist derjenige, der Botschaften direkt zu den Menschen trägt, sich auch am ehesten in deren Gestalt zeigt, allerdings so, dass sie verstehen, dass ein Engel zu ihnen spricht. Uriel ist verwachsen mit der Flora und Fauna der

Erde und weiß um die inneren Zusammenhänge der Erdenentwicklung. Raphael hat sich ein kindliches Gemüt bewahrt. Verstehe mich nicht falsch. Er steht auf einer hohen Entwicklungsstufe wie alle Erzengel, hat einen wunderbaren Geist und ein riesiges Herz, und er hat eine besondere Fähigkeit, Kindern bis auf den Grund ihrer Seele zu schauen. Das ermöglicht ihm, alles zu verstehen und zu verzeihen. Vielleicht wird er aus diesem Grund auch der Engel des Heilens genannt. Denn jede Heilung beinhaltet Verstehen und Verzeihen.

Du wirst später noch hören, dass die einzelnen Engel jeweils nur ein Aspekt der Engelenergie sind. Aber für euch Menschen, ebenso wie für uns Schutzengel, ist es wichtig, sich an einen einzelnen Aspekt wenden zu können".

# Kapitel 10

Unterdessen gelangten sie wiederum an ein Tor. Es schien aus Pflanzen geflochten, die sich in einem intensiven Grün um einen Bogen wanden. Nachdem sie diesen Torbogen durchschritten hatten, kam eine Libelle auf sie zugeflogen. Nein, Katharina musste sich berichtigen. Als die vermeintliche Libelle ganz nahe war, sah sie, dass es sich um eine Elfe handeln musste. Denn genauso hatte sie sich immer eine Elfe vorgestellt.

Zu Katharinas Entzücken setzte sich dieses Wesen auf ihren Unterarm. Es war ein allerliebstes Figürchen. Zarte Flügelchen hatten sich an ihrem Rücken zusammengeklappt. Helle Strahleaugen blickten aus einem rosigen Gesichtchen. Katharina wagte kaum zu atmen. Fasziniert schaute sie auf das zauberhafte Wesen. Dann strich sie vorsichtig über das kleine Köpfchen.

„Lilly, wie schön, dich zu sehen. Bringst du uns Nachricht von Raphael?" ließ sich Wondra vernehmen. Die so Angesprochene nickte und antwortete mit einem hellen Stimmchen: „Der Erzengel ist bereit, euch zu empfangen, mehr noch: Er freut sich auf euch."

Katharina spürte ihr Herz klopfen. Das Elflein bewegte seine Flügelchen, so dass diese in allen Farbschattierungen schillerten und hob von Katharinas Arm ab. „Folgt mir", forderte es sie auf. In dem Moment hörte Katharina ein Rauschen. Als sie hoch blickte, sah sie eine schneeweiße Möwe, deren kluge Augen sie direkt anblickten. Sie ließ sich langsam mit weit ausgebreiteten Schwingen auf dem Boden nieder. Zu ihrer Verblüffung bemerkte

Katharina, dass die Möwe die Größe eines Ponys hatte. „ Ich bin Glandolin“, stellte sie sich höflich vor. „Steigt nur auf, meine Lieben. Raphael schickt mich. Er meint, es würde Katharina gefallen, mit uns allen über das Rosenfeld zu fliegen.“

Katharina kam vor lauter Begeisterung fast nicht auf Glandolins Rücken, machte aber dann einen kleinen Hüpfer und versank sogleich im Federkleid des außergewöhnlichen Reittieres, Lilly klappte ihre Flügelchen wieder ein und landete direkt vor Katharina. Die Spitzen der Elfenflügel kitzelten Katharina in der Nase, so dass diese einen gewaltigen Nieser von sich gab. Das veranlasste die Möwe, mit leichtem Vorwurf in der Stimme zu sagen, dass sie nicht gewusste habe, dass Erdenkinder zu solch lauten, eruptiven Tönen fähig seien. Katharina entschuldigte sich, während Lilly sich tröstend an Katharina kuschelte. Wondra nahm schmunzelnd hinter Katharina Platz und murmelte: „Da muss erst ein Erdenkind kommen, damit ich einmal geflogen werde.“

Glandolin drehte seinen Kopf um 180 Grad, blickte die Belegschaft wieder freundlich an und verkündete: „Festhalten, wir starten.“

Sanft hoben sie ab. Katharina fühlte sich von vorn und hinten beschützt und gewärmt und riskierte einen Blick nach unten. So weit ihr Auge reichte, sah sie die buntesten und intensivsten Farben, die sich ein Künstler je hätte ausdenken können. Die Luft war von einer Reinheit, dass sie das Gefühl hatte, jeder Atemzug streichle ihre Kehle.

„Das ist kein Wunder“, äußerte sich Wondra ungefragt. „Raphael ist der Herrscher über das Element Luft. Es ist sein Metier, und wir fliegen jetzt direkt gen Osten zu ihm.“ Bevor Katharina sich wundern konnte, dass

Wondra eine Himmelsrichtung benannte, setzte Wondra hinzu: „So würdet ihr es in eurer Welt nennen."

Angekuschelt an liebevolle Wesen, mit einem Blick über die Weite dieses paradiesischen Landes, hätte Katharina stundenlang so weiter fliegen können. Glandolin hatte seine Flügel ausgebreitet, so dass sein Flug mehr einem Gleiten ähnelte. Es herrschte eine solche Stille in der Luft, dass Katharina jetzt wirklich das Gefühl hatte, die Zeit bliebe stehen.

Langsam senkte Glandolin sich in Richtung Boden und hielt in einer sanften Bewegung an. Die Drei ließen sich aus dem Federkleid zur Erde rutschen. Als Katharina, Abschied nehmend, über den Kopf ihres gefiederten Reittieres strich, fühlt sie sich so zu dem Vogel hingezogen, dass sie spontan ihre Wange an ihn lehnte. Sie hatte das Gefühl, dass das eine Auge, das sie jetzt sah, warm aufleuchtete.

Wondra nahm Katharinas Hand und zog sie sanft, aber bestimmt mit sich. Lilly war schon voraus geflattert.

# Kapitel 11

Vor einem großen Torbogen aus Kletterrosen blieben sie stehen. Als die Elfe in einer Rosenblüte verschwand, öffnete sich das Portal. Sie betraten einen Gang, der wiederum von dem Himmelslicht, wie Katharina es bei sich nannte, erhellt wurde. Wieder war diese besondere Luft, vermischt mit dem Rosenduft, zu spüren. Nach einigen Metern öffnete sich der Gang zu einem weiten Raum. Blumenornamente schmückten die Wände.

Im Hintergrund erhob sich eine hoch gewachsene Gestalt, deren saphirblaues Gewand bei jeder Bewegung in einer anderen Farbe schillerte, obwohl es den Grundton von diesem leuchtenden Blau beibehielt. Katharina hätte nicht sagen können, ob das Gesicht des Engels schön war, aber sein Lächeln erhellte den Raum noch mehr, als es das Himmelslicht vermochte. Sie hatte das Gefühl, dass Raphaels Lächeln sie einhüllte und nichts, aber auch gar nichts auf der Welt, ihr noch etwas anhaben könne. Er neigte sich ihr zu und schloss sie in seine Arme. Seine tiefe warme Stimme erklang: „Ich freue mich, dass Du den Weg zu uns gefunden hast." Katharinas Ehrlichkeit brachte sie dazu, etwas atemlos zu antworten: „Ich kann gar nichts dafür, es war Wondra, der mich mitgenommen hat." Raphael lächelte: „Ich weiß", erwiderte er, „ aber wenn Wondra nicht die Reinheit deines Herzens gespürt hätte, hätte er nicht versucht, dich mit in unsere Welt zu nehmen." Es gab eine kleine Pause, in der Katharina ganz tief in sich hineinspürte. Es war ihr innigster Wunsch gewesen, einmal ihren Schutzengel kennen zu lernen. Die Welt der Engel zu betreten, war ein absoluter Traum gewesen, den sie sich eigentlich gar nicht getraut hatte, jemals zu träumen. Sie kniff sich kräftig in den Arm und hatte gleichzeitig Angst, aus diesem schönen, unwirklich anmutenden Traum aufzuwachen.

Raphaels Stimme holte sie aus ihren Gedanken. „Wenn du wieder zu Hause bist, wird es dir wie ein Traum vorkommen. Ich möchte dir etwas schenken, das dich daran erinnern wird, dass es für dich Wirklichkeit war und ist. Er griff in eine Tasche seines weiten Gewandes und holte etwas daraus hervor. Dann nahm er Katharinas linke Hand und tat dieses Etwas hinein. Katharina wurde leicht schwindelig, als sie die Hand öffnete und hinein sah. Es war ein kleines Amulett, das an einer Silberkette hing. In das Amulett war ein Herz eingraviert. „Schau nur genauer hin", ermunterte sie Raphael. Katharina hielt das Amulett jetzt ans Licht und sah, dass das Herz in Wirklichkeit ein Flügelpaar war. „Engelflügel, Elfenflügel, das Markenzeichen unserer Welt", schmunzelte Raphael. „Wenn du diesen Anhänger trägst, sieht nicht jeder gleich, dass es sich um die Attribute von Engeln, Elfen oder anderen Wesen handelt, die ihr in eurer Welt Fantasiegeschöpfe nennt. Es kann das Geschenk deiner Eltern oder eines Freundes sein. Wir wissen, dass es schwierig ist, den Menschen von uns zu erzählen. Ganz besonders in der heutigen Zeit."

„Aber warum ist das so?" fragte Katharina leicht verzweifelt.

Raphael schwieg eine Weile. Als er dann weiter sprach, klang seine Stimme sehr ernst. „Ihr habt einfach ein ganz anderes System in eurer Welt, und ihr habt verlernt, auf die Signale eurer Seele zu lauschen. Für die meisten von euch ist es wichtig, mehr zu haben und besser zu sein als die andern. Der Machttrieb ist in den meisten von euch drin. Er ersetzt in vielen Fällen die Liebe. Damit seid ihr manipulierbar. Ihr habt vergessen, dass ihr euch im Grunde genommen alle sehr ähnelt und dass ihr gemeinsam wirkliche Stärke entwickeln könntet. So lange ihr euch nicht zusammen tut, sondern jeder für sich allein sein Ziel anstrebt, wie geartet es auch sein mag, so lange darf niemand, schon gar nicht ein kleines Mädel wie du, verlauten lassen, dass es einen Blick in die höhere Dimension geworfen und plötzlich Dinge erfahren hat, die das Leben in eurer Welt völlig auf den Kopf stellt."

„Aber warum ist der Mensch so? Hättet ihr es nicht in eurer Macht, den Menschen so zu erschaffen oder zu verändern, dass er liebevoll und liebend lebt?" Einen Augenblick dachte Katharina, dass sie jetzt zu weit gegangen sei. Sie hatte gerade dem liebevollsten Wesen, das man sich vorstellen kann, so etwas wie ein Versäumnis vorgeworfen.

„Unser aller Schöpfer, die Quelle allen Seins, hat in seiner unendlichen Größe und Güte dem Menschen etwas ganz Besonderes in die Hand gegeben, nämlich die Freiheit, sich zu entscheiden. In der Freiwilligkeit, sich für das Licht und die Liebe zu entscheiden, liegt eine immense Kraft. Und diese Kraft hilft, die Schöpfung immer weiter zu vervollkommnen."

„Aber wenn sich die Menschen gegen Licht und Liebe entscheiden, was wird dann aus der Vervollkommnung?" Katharina hatte es aufgegeben zu überlegen, ob sie diese Fragen stellen durfte. Sie kamen aus ihr heraus, ohne dass sie groß überlegte. Trotz des Ernstes der Situation konnte sie nicht verhindern, dass sie an ihren Mathelehrer dachte, der nicht gerade selten zu ihr sagte: „Katharina, Hirn einschalten, bevor du etwas heraussprudelst." Würde Raphael ähnlich reagieren?

Raphael schaute sie ernst an. „Ich wäre glücklich im menschlichen Sinn, wenn sich viele Menschen diese Fragen stellen würden. Gerade, weil es so viel Kraft kostet, sich für das Licht zu entscheiden, hilft jeder kleine Schritt in diese Richtung. Alles, was euch im täglichen Leben zerstreut und erfreut, ist nur ein kleiner Abklatsch vom dem Glücksgefühl, das entsteht, wenn ihr euch für das Licht und damit für die Liebe entscheidet. In jedem von euch steckt ein Göttlicher Funke. Das ist wie ein Kompass, den die Seele benutzen kann, um den Weg zurück zur Einheit zu finden. Es ist der Teil, dem das Licht und die Liebe vertraut sind. Und es ist der Teil, der darüber wacht, dass die Seele sich immer wieder, und sei es auch nur in der Stunde des menschlichen Todes, auf das Licht zurückbesinnt.

„Aber wäre es dann nicht viel einfacher, es wäre nur das Licht und die Liebe erschaffen worden und nicht das andere?" Sie wagte nicht die Wörter Dunkelheit oder Hass in diesem Zusammenhang in den Mund zu nehmen.

„Die Konsequenz", entgegnete Raphael „wäre, dass wir keine Schöpfung in dem Sinne hätten, wie ihr sie kennt. Materielle, lebendige Schöpfung kann nur entstehen, wenn jeweils zwei, sich gegenseitig bedingte, Pole erschaffen werden. So wie es den Menschen in seiner Zweiheit gibt als Mann und Frau, Bub und Mädel, so gibt es alles Geschaffene in Zweiheit. Auch wenn die Zweiheit manchmal so eng zusammen gehört, als wäre sie eine Einheit. Und genauso konnte Licht nur geschaffen werden, wenn es auch die Dunkelheit gibt. Wo es Liebe gibt, gibt es sein Gegenteil. Der Mensch wurde geboren, sich zu entscheiden. Die Entscheidung gibt vor, dass es zwei Dinge gibt, zwischen denen man sich entscheiden muss. Jeder Schritt für die Liebe und das Licht bringt euch ein Stückchen näher zu unserer Welt, die räumlich so nahe ist und geistig doch oft so weit entfernt."

Raphael sah sie liebevoll an. Sie waren zu einer Art Laube gekommen, wo sie sich auf einen Wink des Erzengels niederließen. Katharina spürte Müdigkeit in sich aufsteigen. Raphael reichte ihr einen Becher. Als sie einen Schluck nahm, war sie sich bewusst, noch nie etwas ähnlich Köstliches getrunken zu haben. Sie fühlte sich so wohl wie mindestens an Weihnachten, wenn sie zusammen mit ihren Eltern beim Kerzenlicht saß, alle in ihren neuen Büchern lasen und Irgendjemandem ständig etwas einfiel, womit er die Lesestille unterbrechen konnte. Mit drei Worten: aufgehoben und gemütlich.

Gemütlich, war das der richtige Ausdruck? Sie dachte scharf nach und bekam in diesem Moment nicht mit, dass sie von zwei schmunzelnden Engelgesichtern beobachtet wurde.

„Heilig", schoss ihr in den Sinn. Ja, sie müsste mehr Heiligkeit an den Tag legen. Aber – wie macht man das?

In dem Moment fiel ihr ein, dass die Engel ihre Gedanken so deutlich wahrnehmen können wie gesprochene Worte. Aber sie hatte ja nichts Schlechtes gedacht, oder?

Vorsichtig schielte sie zu ihren beiden Gefährten. Beide brachen in Gelächter aus. Eigentlich ein bisschen unengelhaft, fand Katharina und fühlte, wie ihre Wangen ganz warm wurden, so ungefähr, als stünde sie vor der Klasse und hätte bei einer Matheaufgabe gerade hammermäßig daneben gegriffen, was in der Regel einige von den Jungens stets oberwitzig fanden.

Raphael wischte sich über die Augen und sagte, immer noch prustend: „Katharina, du bist süß." „Und so unterhaltsam", ergänzte Wondra.

Katharina schaute von einem zum andern. Was sie sah, war Liebe und Güte, aber auch Schalkhaftigkeit, und endlich verzog sich auch ihr Gesichtchen zu einem amüsierten Grienen.

Raphael war wieder ernst geworden. „Nichts liegt uns ferner, als dich auszulachen", versicherte der Erzengel. „Aber solltet du einmal in eine solche Lage kommen, dass dich jemand mit Häme auslacht, versuche, mit zu lachen. Meistens findest du auch in der eigenen Situation eine Komik, und es ist ein Zeichen von Stärke, wenn du es tust. Dazu kommt, dass du jedem „Auslacher" den Wind aus den Segeln nimmst." „Aber ich kann das nicht" fiepte Katharina und kam sich ein bisschen dürftig vor. „Ich habe zwar vorhin gedacht, dass ich mich in einer ähnlichen Situation befand wie in der Schule, wenn ich etwas nicht wusste. Aber es ist ein himmelweiter Unterschied zwischen eurem liebevollen Lachen und dem hämischen Gekicher dieser blöden Jungs."

„Weißt du, warum sie so sind?" fragte ihr Schutzengel. In Erinnerung an ihre Klassenkameraden schniefte Katharina leicht durch die Nase und schüttelte dabei den Kopf.

„Weil sie selber nicht viel Mut haben, sondern sich nur dann stark fühlen, wenn sie bei Jemand Anderem eine Schwäche entdecken. Dazu kommt, dass sie nicht so reagieren würden, wenn sie als Einzelner vor Jemandem stehen würden. Nur in der Menge mimen sie die Starken."

Raphael legte seinen Arm um sie. „Du hast so viel Stärke und Mut bewiesen, dass ich glaube, du könntest die Jungs locker in die Tasche stecken."

„Aber haben die nicht auch Schutzengel", fragte Katharina, noch nicht ganz zufrieden mit der Auskunft. „Natürlich", erwiderten Raphael und Wondra gleichzeitig. Der große Engel gab dem kleinen ein Zeichen, und so fuhr dieser fort: „Wichtig ist, unsere Signale zu bemerken und eine Antenne für unsere Energien zu entwickeln. Erst wenn die Bereitschaft da ist, unsere Botschaften wahrzunehmen, können einzelne Themen bearbeitet werden. Jungs in deinem Alter wollen hauptsächlich männlich sein. Alles, was Feingefühl erfordert, ist für sie Weiberkram. Wir haben es nicht leicht mit ihnen".

Während Katharina noch versonnen nickte, stand Raphael auf und fragte: „Hast du noch Fragen bezüglich unserer Sphäre, die du gerne beantwortet hättest?"

Katharina überlegte gründlich und antwortete dann: „Ich wüsste gern noch etwas über die Gemeinschaft der Engel und deren Aufgaben. Ist zum Beispiel Metatron direkt bei Gott, während ihr in einem Abstand zu ihm lebt. Und wie ist es mit den Menschen? Wie nahe sind wir Gott? Brauchen wir immer eine Vermittlung. Habt ihr verschiedene Stufen, so eine Art...“? Sie wusste nicht weiter. „Hierarchie", half Raphael bereitwillig weiter. „Gut, bei so vielen, nicht ganz einfachen Fragen müssen wir die Erdenzeit noch ein wenig länger anhalten", fuhr er fort.

# Kapitel 12

Er erhob sich, formte die Hände zu einem Trichter, und seine Stimme schien aus allen Ecken zu kommen: „Temporinus", rief er.

Auf der Bildfläche erschien ein Engel mit einem Lausbubengesicht, dessen Locken buchstäblich in alle Himmelsrichtungen standen.

„Unser Gast braucht etwas länger, als wir erwartet hatten. Bitte halte die Erdenzeit noch etwas an."Temporinus nickte, nachdem er Katharina einen neugierigen Blick zugeworfen hatte, und sprang in großen Sätzen davon. Im nächsten Augenblick hatte Katharina das Gefühl, als drehe sich ihre Umgebung, und sie sank dem Erzengel mit einem Schwung auf den Schoß.

„Hoppla", meinte Raphael „Da hat unser kleiner Freund mal wieder übertrieben." Er legte seine Arme um sie. Sie verschwand in der Weite des Gewandes, das sich federleicht anfühlte und nach Wald, Wiese und Blumen roch. Katharina fühlte sich einfach himmlisch.

Aber dann drängte sich ihr doch eine Frage zur Zeit auf. „Ich dachte, hier ginge die Zeit ohnehin anders als in meiner Welt. Wieso braucht es einen Temporinus, die Zeit anzuhalten?"

Wondra klatschte in die Hände. „Du lernst sehr schnell", sagte er begeistert. „Diesen Vorgang haben wir deinetwegen aktiviert. Temporinus ist einer von den Wesen, die dann in Erscheinung treten, wenn wir einem Menschenkind zeigen wollen, dass die Zeit hier wirklich anders geht. Mit anderen Worten: Du hast die Sicherheit, dass du keine Zeit in deinem Erdenleben versäumst."

Katharina war zufrieden. Sie gab sich ganz dem Genuss dieser zauberhaften Umgebung hin. Dann schaute sie den großen Engel fragend an: „Wondra sagte mir, dass ich meine Sinne hier ganz anders wahrnehme, so dass ich das Gefühl habe, all das Schöne geht ganz tief in mich hinein. „Wird das bleiben, ich meine, wenn ich wieder zu Hause bin?"

„Du bist dort zu Hause, wo deine Seele berührt wird. Es ist deine Seele, die immer mit der Schönheit und dem wirklichen Leben verbunden ist. Wenn du es einmal bewusst erlebt hast, wird es dir für immer bleiben."

Obwohl diese Antwort Katharina vorübergehend zufrieden stimmte, drängte sich ihr eine neue Frage auf. „Was ist eigentlich meine Seele, wo fängt sie an, und wo hört sie auf? Kann ich sie beeinflussen, oder beeinflusst sie mich?"

Eine kleine Pause entstand. Als Raphael sprach, klang seine Stimme weich und wie von weit her.

„Deine Seele ist älter als dein Körper. Sie ist innig verbunden mit dem allumfassenden Geist. Ich hatte vorhin erwähnt, dass in dem Wunsch des Menschen, sich weiter zu entwickeln, eine immense Kraft liegt, da dieser Wunsch einer Freiwilligkeit entspringt. Als die Welt erschaffen wurde, war die Vollkommenheit schon angelegt. Alles war vorhanden, nur das Bewusstsein war in einem schlafenden Zustand. Der Mensch ist das einzige Wesen, das die Freiheit hat, in sich dieses Bewusstsein zu erwecken oder besser gesagt, ein erwachtes Bewusstsein wahrzunehmen. Um auch nur annähernd zu verstehen, wie das vor sich geht, ranken sich mythische Legenden um diesen Prozess:

Die Erschaffung der Polarität, die scheinbare Trennung zwischen eurer und unserer Welt ist der Ausgangspunkt. Sie gipfelt in dem Engelkampf, der sich viele Zeiten vor eurer Zeit abgespielt hat. Die Revolution im Himmel, das Sich-Abwenden einiger Engelwesen von Gott ist alles eine Symbolik, die dafür steht, dass die menschliche Welt sich von der Einheit trennte. Dennoch kann sich die Welt nur durch menschliche Kraft und Entscheidung weiter entwickeln.

Ähnlich symbolisch dargestellt ist die Geschichte von der Vertreibung aus dem Paradies. Es ist die Alibigeschichte der Menschen, dass irgendetwas Böses in der Welt entstanden ist, außerhalb ihrer selbst. Etwas Böses, das man bekämpfen muss, nicht ahnend, dass dieses „Böse" in Wirklichkeit der menschliche Drang ist, sich abzusondern von der Botschaft seiner Seele und damit vom Licht.

Dies ist stets, wie du mehrfach gehört hast, die freie Entscheidung des Menschen.

Allerdings ist es mühsamer, das Dunkle in sich selbst zu erkennen und an das Licht zu holen, als etwas im Außen als „das Böse" zu bezeichnen.

Um auf die Geschichte der Vertreibung aus dem Paradies zurückzukommen: Kein Mensch, der in dem Göttlichen auch nur die Spur einer Vollkommenheit und Liebe sieht, wird ernsthaft glauben, dass Gott sich von den, als Prototyp der Menschheit bekannten, Wesen Adam und Eva hat hintergehen lassen.

Es ist eine Legende, die in grauer Vorzeit von weisen Menschen erzählt wurde und die einen symbolischen Auslöser für die Schöpfung und für die scheinbare Trennung darstellt. Im Übrigen gibt es diese uralte Legende, in verschiedene Gewänder gekleidet, in der Kultur eines jeden Volkes.

Was die Freiwilligkeit betrifft: Es ist wichtig, dass die Seele sich nicht genau erinnert, wo sie herkommt, sonst wäre diese Freiwilligkeit nicht gegeben. Sie schläft in dem neugeborenen Menschen wie eine kleine Schmetterlingspuppe und trägt in ihrem Puppendasein das ganze Geheimnis der Schöpfung. In den ersten zwei, drei Jahren ist der neugeborene Mensch ohnehin noch eng verbunden mit dem Göttlichen Geist.

Erst mit dem Schließen der Schädelhälften, das mit dem so genannten Trotzalter einhergeht, das man im übrigen lieber das Ich-Findungs-Alter nennen sollte, konzentriert sich der kleine Mensch auf die Welt um sich herum. Die Trennung zwischen der Welt, aus der er kommt und der Welt, in die er hinein geboren wurde, ist vollzogen, zumindest scheinbar.

Zu diesem Zeitpunkt erfährt er ebenfalls die Trennung zwischen sich und der Umgebung. Um in dieser Welt zu bestehen, bildet sich auch das Ego aus, das kleine Ich, das für den Überlebenskampf zuständig ist und in Konkurrenz mit den Mitmenschen tritt.

Im Laufe der Entwicklung beginnt der Mensch zu verstehen, dass er die Freiheit besitzt, sich für die eine oder andere Seite des Lebens zu entscheiden. Dieses Wissen steckt tief in ihm.

Je mehr er sich für die lichtvolle Seite entscheidet, umso mehr bekommt er die feinen Signale aus unserer Welt mit, und umso eher entsteht aus der Seelenpuppe ein Seelenschmetterling.

Wenn ihr Menschen euch hin und wieder Augenblicke gönnt, in denen ihr voller Dankbarkeit all das betrachtet, was zur Schöpfung gehört und in denen ihr spürt, dass alles um euch herum beseelt ist, dann könnt ihr gar nicht anders, als die Entwicklung voran zu treiben, die euch uns immer näher bringt.

Und irgendwann spürt ihr, dass alles zusammen gehört und dass alles eine Einheit ist.

In Wahrheit ist diese Verbindung nie abgebrochen, sie ist nur wie durch einen Schleier verdeckt. Würdest du die Existenz vor deinem Leben bewusst erinnern, wäre die Sehnsucht zu groß, auf dem schnellsten Weg dorthin zurückzukehren, wo du herkommst.

Ego, Verstand und Inneres Kind oder wie man die Anteile der menschlichen Persönlichkeit nennen mag, sorgen dafür, dass du dich mit den Gegebenheiten des täglichen Lebens auseinander setzt und dass du dich erdest und damit vollkommen auf der Erde ankommst. Sie erwecken deine Emotionen, konfrontieren dich mit Plänen und Vorstellungen. All dies macht dich bereit für das Erdenleben."

„Aber könnte nicht alles beim Alten bleiben? Wir könnten in dieser, eurer Welt leben und froh und glücklich sein, ohne dieses ganze Erdengerangel."

Katharina musste diese Frage stellen.

Raphael seufzte leicht: „Es ist so schwierig, in deiner Sprache zu erklären, warum mit der Schöpfung nicht auch die Vollkommenheit erfahrbar in die Welt kam.

Schöpfung ist immer eine Bewegung, eine Absonderung von der Einheit, wie ich schon sagte. In dem Moment, wo sich etwas von der Einheit absondert, ist die Vollkommenheit nicht mehr offensichtlich.

Eure Reise durch das Erdenleben ist so etwas wie eine Schulung. Körper und Geist gewähren euch eine ganz besondere Art des Weiterkommens. Das Reisegepäck ist die tief in der Seele liegende Erinnerung an unsere Welt und ein Stück Freiheit, sich für Licht oder Schatten zu entscheiden. Vollkommenheit ist dann erreichbar, wenn eine freiwillige Entscheidung vorliegt, diese Vollkommenheit zu wählen.

Darum hat das Göttliche sich entschieden, eine Schöpfung zu kreieren, eine scheinbare Trennung von sich selbst, eine Konfrontation mit dem, was Es selbst ist, ein Du in einer anderen Form und Daseinsweise.

So entstanden die Menschheit, die Tier- und die Pflanzenwelt ebenso wie die Steine, die Formationen der Erde und das All mit all dem, was für euch noch weitgehend unbekannt ist."

Er legte den Finger an die Lippen. „Nein, über das All mit seinen vielen Gestirnen sprechen wir heute nicht. Es gibt für dich und alle Menschen noch so viel in eurem Heimatplaneten zu entdecken. Aber glaube mir, die Existenzarten liegen nicht so himmelweit auseinander."

Katharina hatte aufgehört, sich darüber zu wundern, dass der Engel wusste, was sie dachte und was sie gerade im Begriff war zu sagen oder zu fragen. So hörte sie nur schweigend zu, damit ihr kein Wort entging.

„Ich habe die Schmetterlingspuppe erwähnt, die in jedem Wesen steckt. Diese Seelen - Puppe hat den Drang, sich zu entwickeln, und zwar zum Licht hin.

Hinzu kommt, dass jedes Lebewesen diesen, vorhin schon erwähnten, Göttlichen Funken in sich trägt. Dieser Göttliche Funke ist wie ein Stempel, den Gott seinen Geschöpfen aufgedrückt hat und der ihnen hilft, jederzeit ihren Lebensweg zu korrigieren und am Ende des Lebens dorthin zurück zu kehren, wo sie herkommen.

Dieser Funke, wir können ihn als Geist bezeichnen, ist ein Ableger des Höheren Selbst, dieses Göttlichen Anteils, der über die menschliche Existenz wacht. Er ist mit dem universellen Wissen ausgestattet und sendet sehr feine Signale zum Menschen. Auch hier ist es immer wieder wichtig, in die Stille zu gehen, um diese Signale wahr zu nehmen.

In eurer menschlichen Inkarnation braucht ihr aber auch den Verstand für eure Entscheidungen. Indem der Mensch seinen Verstand bekam, wollte er auch Eigenständigkeit und Individualität. Das bedeutet die Trennung von den Wurzeln seiner Herkunft. Hier setzen die Schutzengel an, die das ganz individuelle Erdenleben eines Menschen begleiten. Aber ganz tief im Menschen schlummern das Wissen und die tiefe Sehnsucht, dorthin zurück zu kehren, wo er herkommt. Dort ahnt er die Liebe, die ihn sein ganzes Leben lang umtreibt, die er sein ganzes Leben lang sucht und für die er auch in seiner menschlichen Ungeduld bereit ist, Ersatz in Kauf zu nehmen.

Wenn der Mensch sich durch den scheinbaren Schleier von der Einheit getrennt fühlt, lässt er mehr seinen Verstand walten, der lediglich danach strebt, sich ein gutes Erdenleben zu bereiten. Ihr könnt ganz nach dem Verstand leben oder ihr könnt den Verstand vom Geist erleuchten lassen. Diese Wahl habt ihr.

In der Hinwendung zu Gott nehmt ihr den Geist wahr und könnt immer noch frei entscheiden. Der Verstand ist wichtig in eurem Leben. Es ist wie so oft eine Sache des Gleichgewichtes. Haltet es in der Waage. Dann entwickelt sich der Verstand als ein wahres Kind des Geistes".

„Und was hat das Ego in diesem ganzen Dasein zu tun?" fragte Katharina und kam sich sehr erwachsen dabei vor. Die Ethiklehrerin hatte, als ihre Schüler vor einigen Wochen so wenig Mitarbeit gezeigt hatten, die Klasse als einen Haufen von Egoisten gescholten, dessen Ego größer als die Zugspitze sei.

„Ja, das Ego", meinte Raphael nachdenklich. „Wir können sagen, es sei der kämpferische Aspekt des Einzelnen, stets darauf bedacht, seinem Besitzer das Beste zukommen zu lassen. Daher ist es sehr ehrgeizig und lange nicht immer fair. Das Ego ist jedoch im täglichen Leben ebenfalls wichtig und im Falle von Notzeiten unersetzlich. Auch hier liegt es wieder an der persönlichen Entscheidung jedes Einzelnen, es übermächtig werden zu lassen oder es in seine Grenzen zu weisen.

Wenn der Mensch es zulässt, bekommt er viele Hilfen: Die Seele, die sich entwickeln will, das Höhere Selbst, das über ihn wacht, der Schutzengel, der nicht von seiner Seite weicht. Voraussetzung, diese Hilfen wahr zu nehmen, ist, über die eigenen Existenzgrenzen hinaus zu schauen und sich auf das Göttliche auszurichten.

Ganz allmählich wird der Mensch wach und gewinnt Bewusstheit. Wenn sein freier Wille ihn dann dahin bringt, bewusst in die Göttliche Einheit zurück zu kehren, ist die Welt um ein gutes Stück reicher geworden."

Katharina schaute nachdenklich in die Ferne, und die Farben verschwanden vor ihren Augen. „Leben kann ganz schön kompliziert sein", murmelte sie.

„Aber wie erfahren die Menschen von all diesen Dingen?" wandte sie sich wieder Raphael zu.

Er berührte sie ganz leicht an den Schultern. „Die Menschen entwickeln sich. Stufe für Stufe erinnern sie sich

85

zum Teil in Träumen, in ihren nächtlichen Reisen, in Meditationen oder einfach in der Stille. Die Bewusstheit des Menschen wächst in zwölf Stufen. Schrittweise spüren sie die Signale ihres Höheren Selbst. Von der achten Stufe an sind Menschen bereit, sich auf ihre geistige Weiterentwicklung einzulassen. Ab Stufe Neun blitzen Erinnerungen an unsere Welt oder einer der bereits durchlebten Inkarnation durch. Jeder Mensch macht Astralreisen, durch die ihn sein Unterbewusstsein während der Zeit des Schlafes führt. Immer wieder reisen Menschen in ihren Träumen in unsere Welt. Die Reisen des Astralkörpers werden in dieser Stufe teilweise erinnert und in ihrer Bedeutung erkannt.

Ab Stufe zehn ist man eine Alte Seele. Viele brauchen unendlich viele Leben, um die zehnte Stufe zu erreichen. Mit steigender Stufe haben die Menschen immer wieder einen Einblick in die Geistige Welt, und ihr Ahnen, dass sie zur Göttlichen Einheit gehören, wird allmählich zur Gewissheit. Hilfreich ist, immer wieder in die Stille zu gehen und auf die ganz leisen und zarten Signale seines Höheren Selbst zu lauschen.

Du bist auf der zehnten Stufe, und es besteht keine Gefahr mehr, dass du bei dieser Nachricht überheblich wirst. Deshalb nimmst du unsere Welt mit wachem Geist wahr und begreifst viel von dem, was wir dir erzählen. Wondra hätte dich nie her gebracht, wenn es dich überfordert hätte.

Die elfte Stufe ermöglicht den Menschen, die Reisen in andere Dimensionen bewusst durchzuführen. Diese Stufe erscheint euch am langwierigsten, denn sie ist noch einmal in zwölf Abschnitte geteilt, von denen jeder manchmal Jahre dauert, so dass der letzte Abschnitt meistens nicht in einem Erdenleben erreicht wird. Während der erste Teil dieser Stufe nur Freude ist, beginnt in den folgenden Abschnitten das, was ihr Prüfungen nennt und was euren ganzen Einsatz erfordert.

Es gibt allerdings zu jeder Zeit vereinzelt Menschen, die die zwölfte Stufe und damit die volle Bewusstheit erreicht haben, zu der ein Mensch in seinem Erdenleben gelangen kann. Sie müssen sich nicht mehr inkarnieren.

Man nennt sie Gottestöchter und Gottessöhne. Sie gehen freiwillig in ein Erdenleben, um anderen Menschen zu helfen, ebenfalls auf eine höhere Stufe zu gelangen. Auf verschiedene Art hat jeder Mensch die Möglichkeit, diese Welt und ihre Zusammenhänge zu erfahren."

# Kapitel 13

Die nächste Frage musste einfach ausgesprochen werden:

„Gehört Jesus zu diesen Gottessöhnen?"

Das Leuchten in den Augen des Erzengels verstärkte sich: „Jesus ist einer der Größten von ihnen. Ihn gibt es seit Anbeginn aller Zeiten. Er ist wie ein Herzstück unseres Schöpfers und war von Anfang an das Göttliche Selbst. Er ist Mensch gewordener Gott, und er hat die menschliche Existenz vom winzigsten Geschöpf bis zum all umfassenden Christus durchlaufen. Er hat Gottes Wille ausgeführt, den Menschen bis ins Kleinste zu verstehen, das kann man nur aus einer immensen Liebe heraus. Er ist verschmolzen mit der Göttlichen Einheit und dennoch jederzeit für die Menschen im Gebet oder im Zwiegespräch erreichbar."

Katharina spürte wieder diese Wärme, die durch ihren Körper strahlte, ihren Rücken hinauf strömte und ihr Herz wie eine zarte Hülle umgab. Und sie spürte so viel Liebe in sich, dass sie meinte, sie könne es fast nicht mehr aushalten.

„Obwohl es bei allen Engeln wunderschön war, fühle ich mich bei dir besonders wohl. Woran liegt das?"

Raphael schaute sie liebevoll an. „Vergiss nicht, dass die Engel schon so etwas wie Vorarbeit geleistet haben", erwiderte er. „Außerdem nehme ich mich der jungen

Menschen, die so wissbegierig sind wie du, immer gern an."

Katharina hing an Raphaels Lippen. Sie hatte das Gefühl, dass sie in jedem Augenblick Neues und Aufregendes hörte. „Ihr teilt euch also sozusagen die verschiedenen Aufgaben", kam sie auf die Frage zurück, die sie gestellt hatte, bevor Temporinus ihr das Schauspiel von der Zeitumstellung geliefert hatte. Sie war sich jedoch nicht sicher, ob sie dieses fragen durfte.

„Du hast selbst den Begriff Hierarchie genannt", fügte sie entschuldigend hinzu. Raphael holte tief Luft, für Katharina eine neue Erfahrung, dass auch Engel mal tief Luft holen müssen. „Vergiss nicht, dass zu mir das Luftelement gehört", beantwortete Raphael Katharinas unausgesprochene Frage. „Da ist das Luftholen sozusagen mein Metier." Das Mädchen war sich nicht sicher, ob Raphael es ernst meinte, hatte sie doch in ihrer Begegnung immer wieder auch seinen Humor erfahren. Raphael überging diesen Gedanken und fuhr fort:

„Ich hoffe, dass ich die Beantwortung deiner Frage in Worte kleiden kann, die dir unsere Engelwelt einigermaßen verständlich machen.

Ihr Menschen habt von alters her gehört, dass eine Engelhierarchie existiert. Vor allem Metatron und die vier klassischen Erzengel sind euch hierbei ein Begriff. Michael ist so etwas wie der Sprecher der Vier.

In Wirklichkeit sind wir alle eins, denn wir gehören zum Geist Gottes."

Katharinas nächste Frage drängte sich förmlich über ihre Lippen: „Wenn ihr alle eins seid, warum tretet ihr dann getrennt auf und habt jeder euren eigenen Namen?"

Ohne dass der Hauch einer Ungeduld zu spüren war, antwortete Raphael:

„Wenn wir mit der Schöpfung zu tun haben, vor allen Dingen mit euch Menschen, verteilen wir unsere Aufgaben und treten in Gestalt eines individuellen Aspekts auf, eines Aspekts, den die Menschen erkennen und in der Gestalt, der ihnen unsere Herkunft zeigt.

Der Aspekt, den Metatron in der Person vertritt, zeigt, wie der Name „Bei dem Thron" schon sagt, eine innige Verbindung zu Gott, zu unserem Gottsein.

Michael dagegen tritt als Verfechter, sogar als Streiter, der Göttlichen Aufgaben auf. Menschen brauchen manchmal einen Kampf und damit einen Gegner, um auf eine handfeste Art etwas zu verstehen.

Gabriel ist der Verkündigungsengel, der den Menschen immer wieder zu Beginn einschneidender Epochen eine Botschaft überbringt.

Der schwierigste Aspekt, den wir den Menschen zeigen, ist wohl der Aspekt des Uriel. Er, der Bodenständige, der Naturverbundene erinnert die Menschen, an die Legende, dass es einen gefallenen Engel gibt: Luzifer, den Lichtträger, der dazu verbannt wurde, sein Licht tief unten in der Erde leuchten zu lassen. Dieses Gleichnis zeigt, wie eine Entscheidung gegen das Licht ausfallen kann.

Zurück zu Uriel. Er ist der einzige von den vier euch bekannten Erzengeln, den eure Kirche nicht am 29.September feiert. Nun gut, Menschen haben häufig Angst, wenn es um das Erdelement geht. Es erinnert sie daran, dass sie selbst ebenfalls am Ende des Lebens zu Erde werden, und damit erinnert es sie an Tod und Begräbnis. Der Aspekt, den ich vertrete, hat die Aufgabe,

Menschen Heilung zu bringen. Das schließt auch die Kommunikation ein, ganz besonders die Kommunikation mit Kindern und jungen Menschen."

Katharina strahlte den Engel an: „Ich finde auch, das kannst du besonders gut", sagte sie und errötete, weil es ihr plötzlich absurd vorkam, dieses hohe Lichtwesen zu loben. Raphael strich ihr über den Kopf und schenkte ihr ein liebevolles Lächeln. „Ich weiß es zu schätzen, wenn ein junger Mensch so etwas aus vollem Herzen sagt", erwiderte er.

Einen Augenblick saßen sie schweigend da, das kleine Mädchen und der große Engel. Katharina spürte die tiefe Verbundenheit zu ihm.

Sie blickte in die tiefblauen Augen dieses wunderbaren Wesens und wünschte sich, die Stille möge bleiben. Gleichzeitig wollte sie mehr hören von dem, was ihr dieser Engel sagte.

Raphael lächelte, und in seinen Augen blitzten viele helle Pünktchen.

Er fuhr fort: „Alles, was die Menschen mit ihren Sinnen erfassen, sind Hilfskonstruktionen, damit sie nicht direkt mit der Unbegrenztheit, der Zeitlosigkeit und damit der Einheit konfrontiert werden, bevor sie in der Lage sind, eine Ahnung davon zu bekommen. In ihrer menschlichen Welt können sie nicht damit umgehen, dass alles eins ist. Ein Mensch braucht ein Du, sei es um zu kommunizieren, sei es, um sich zu spiegeln.

In eurer Welt gibt es ja sehr mutige und kluge Physiker, die sich daran gemacht haben, das Quantenphänomen zu erklären. Du und Wondra, ihr hattet das Thema schon ganz am Anfang eurer Reise. Die neuen Wissenschaftler greifen das alte Wissen wieder auf und sagen: „Erst das

Bewusstsein erschafft die physikalische Welt." Raphael machte eine kleine Pause, um dann fortzufahren: „ Unter diesem Gesichtspunkt hat die Schöpfung noch einmal eine ganz andere Qualität. Die Göttliche Quelle erzeugt ein Du, ein menschliches Bewusstsein, das die materielle Welt erst erschafft. Auch das ist in gewisser Weise eine Hilfskonstruktion, es kommt aber dem Göttlichen Schöpfungsgedanken schon sehr nahe."

Wieder trat Stille ein, Katharina merkte, wie sehr sie diese Pausen brauchte, um all das zu verdauen, was der Erzengel ihr erzählte. Dennoch hatte sie das Gefühl, dass sie den Sinn all dieser Worte begriff, weil sie direkt in ihr Herz zielten.

# Kapitel 14

Die nächste Frage stahl sich schon auf Katharinas Lippen. Sie wollte die, ihr in dieser Welt verbliebenen, Zeit einfach bestmöglich auskosten. Sie hatte nicht vergessen, dass Wondra sie mit der Beantwortung dieser nächsten Frage an Raphael verwiesen hatte.

„Waren Engel ursprünglich Menschen, oder haben sie einen ganz anderen Ursprung? Müssen sie ihr Wissen erst lernen?" Sie dachte an Uriels Arbeitszimmer.

„Das ist wohl eine der schwierigeren Fragen", meinte Raphael, und Wondra blickte voller Interesse zu ihm auf.

„Ich versuche, es in deine Sprache zu übersetzen, denn wir leben in der Zeitlosigkeit. Trotzdem gibt es ältere und jüngere Engel, so wie es ältere und jüngere Seelen gibt. Denn auch wir haben außerhalb der Zeit verschiedene Stufen.

Der Wirkungskreis der jüngeren Engel liegt oft in dem des Schutzengels. Es ist eine große Lernaufgabe, in den verschiedenen Welten diese Aufgabe zu übernehmen. Wir Erzengel wirken durch die Schutzengel, und diese wirken durch uns. So bilden wir wieder eine Einheit, und zwar das ganz persönliche Du unseres Schöpfers. Wir entspringen direkt dem Göttlichen Geist. Das bedeutet, dass wir uns dessen bewusst sind, dass der Göttliche Geist ohne Zeitverzögerung durch uns wirkt. Wir sind Seine Ausführenden.

Im Übrigen gibt es noch sehr viel mehr Erzengel als uns Vier oder Fünf. Und es gibt ganze Heerscharen von Engelwesen, die die Möglichkeit haben, ihr Bewusstsein und ihr Wirken auf eine höhere Stufe zu heben, um damit auch unsere geistige Welt reicher zu machen.

Ein starker Schutz für ihre Lieben kommt von Verstorbenen. Zum Beispiel wenn die Eltern in die andere Welt hinübergehen, wird die Liebe zu ihren Kindern und zu späteren Nachkommen bleiben. Auch die Großeltern, die meistens ihren menschlichen Körper bereits verlassen haben, bevor ihre Enkel erwachsen sind, werden ihre Liebe und den Schutz der nachfolgenden Generation gegenüber bewahren. In ihnen selbst fließt die Energie ihrer Vorfahren, die Kraft der Ahnen. Diese Kraft lebt in euch weiter und legt den Samen in euer jetziges Leben. Selbst, wenn Eltern, Großeltern oder Vorfahren ein Leben geführt haben, dass ihr nicht auf allen Ebenen gutheißen könnt, verdankt ihr es doch zu einem großen Teil ihnen, dass ihr euch so inkarniert habt, wie es eure Lebensumstände zeigen. Auch wenn die Seele viel mitzureden hat, die Umgebung, in die ihr hineingeboren werdet, wurde von den Ahnen bereitet.

Die Menschen, die ihren physischen Körper verlassen haben, entwickeln sich hier weiter und können euch kraft ihrer Erfahrung, ihrer erworbenen Weisheit und ihrer Liebe auf eine ganz besondere Art begleiten.

Hin und wieder kommen hier Menschen verschiedenen Alters an, die in ihrem Leben gegen Gesetze verstoßen haben und die es kurz vor ihrem Tode, oder wenn sie ihren physischen Körper bereits verlassen haben, bereuen und mit Unterstützung ihrer geistigen Helfer beschließen, ihren Lebensweg zu korrigieren.

Um auf deine Frage zurück zu kommen: Manchmal wandelt sich ein früh aus dem Erdenleben geschiedenes Kind in einen Engel, wenn ein ganz inniger Wunsch auf beiden Seiten besteht, und in ganz seltenen Momenten wird ein reiner menschlicher erwachsener Geist zu einem Engel, ohne den Umweg über den Tod zu nehmen. Melchisidek ist so ein Beispiel.

Du siehst, es gibt viele Quellen, aus denen die geistige Welt sich zusammensetzt. Melchisidek hat übrigens einen direkten Draht zur Welt der Devas, Elfen und Kobolde. Die Grenzen zwischen der Welt der Naturgeister und unserer Welt sind transparenter als die zwischen unserer und der menschlichen."

Katharina schwirrte ein wenig der Kopf, die nächste Frage lag ihr allerdings sehr am Herzen. Wer weiß, wann sie wieder Gelegenheit dazu hatte, sie zu stellen. Sie spürte, wie dieser Gedanke sie mit Traurigkeit erfüllte.

Raphael nickte ihr aufmunternd zu. „Es wird nicht das letzte Mal sein, dass wir uns treffen. Aber stell nur deine wichtige Frage."

Katharina holte tief Luft: „Erleben die Menschen, die gestorben sind, diese Welt und eure Nähe bewusst? Oder wohin gelangen sie?"

Raphael antwortete mit einer Gegenfrage: „Kennst du jemanden, der gestorben ist und den du liebst?"

Sofort spürte Katharina wieder eine leise Traurigkeit. Sie dachte an ihre Oma, die im letzten Jahr gestorben war und erinnerte sich an deren liebevolle Gegenwart.

Außerdem fiel ihr das kleine Mädchen aus ihrer Straße ein, das nach einer kurzen, aber offenbar sehr schweren, Krankheit gestorben war.

Raphael schien in die Ferne zu schauen. „Der Tod selbst ist wie ein Einschlafen in eurer Welt, der euch einen Traum beschert, den ihr mit all euren Sinnen erleben könnt. Wenn der Verstorbene durch den Augenblick des Sterbens gegangen ist, kommt ihm das, was er erlebt, wirklicher vor als alles, was er in seinem Erdendasein erfahren hat. Sein Schutzengel, der bis zum Ende des menschlichen Daseins an seiner Seite weilt, begleitet ihn auf diesem Weg. So ähnlich, wie dein Schutzengel dich hierher begleitet hat. Er bittet für seinen Schutzbefohlenen um Einlass, während er die guten Seiten seines Schützlings aufzählt.

Das ist eigentlich nur eine Formsache und wird mehr für den Verstorbenen durchgeführt, denn die Geistige Welt weiß es ohnehin. Dann wird der Verstorbene gebettet und erfährt so etwas wie eine erste Befreiung. Melchisidek kümmert sich um ihn und zeigt ihm noch einmal das durchlebte Leben. Es ist so ähnlich, als wenn man sich einen Film anschaut, nur erlebt der Verstorbene alle Emotionen noch einmal. Er selbst kann über sich urteilen und für sich beschließen, Korrekturen an seinem Leben vorzunehmen. Wie diese Korrekturen genau aussehen, kann ich dir zu diesem Zeitpunkt nicht sagen. Von Melchisidek kommt kein Vorwurf, keine Wertung. Es liegt alles im Ermessen des Verstorbenen, allerdings unter spiritueller Führung, unter der Führung seines Höheren Selbst. Auch das Höhere Selbst greift nicht in die Selbstreflexion des Verstorbenen ein. Es umgibt ihn nur mit seiner allwissenden, universellen und liebevollen Energie. Für Viele ist es das erste Mal, dass sie die Gegenwart dieses Göttlichen Anteils in sich spüren.

Es gibt hier in unserer Welt verschiedene Abstufungen. Jede Abstufung bietet Chancen, sein Leben in die Bahnen zu lenken, die der jeweiligen Seele gut tun. Mit der neuen Klarheit, die der Verstorbene in Gegenwart von Melchisidek unter dem Schutz des Höheren Selbst gewonnen hat, erlebt er manch seelischen, aber auch Heil bringenden, Schmerz. Besser ist ganz sicher für die Menschen, es sich bereits im Erdenleben bewusst zu machen.

Hier herrscht Zeitlosigkeit. Dennoch muss ich, übersetzt in eure Sprache, sagen, dass der Mensch auch in unserer Welt im Laufe der Zeit und im Laufe weiterer Inkarnationen immer enger mit seinem Hohen Selbst zusammen wächst, bis er darin aufgeht. Erst dann ist er wirklich angekommen. Selbst wenn der Mensch schon eher das Gefühl hat, er würde zu seinen Wurzeln zurück kehren und dorthin kommen, wo ihm vieles vertraut erscheint und wo er so etwas wie eine Heimat spürt, das wirkliche Ankommen ist dann noch einmal ein elementares Bei-Sich-Sein."

„Wie ist es mit der Reinkarnation?" fragte Katharina zögernd, froh, dass sie dieses Wort ohne Stolpern über die Lippen bekam.

„Ich sagte dir, dass Melchisidek die Verstorbenen empfängt, die dann unter seinem Beistand zuerst einmal die Umstände ihres vergangenen Lebens Revue passieren lassen. Vergiss nicht, dass das Höhere Selbst immer noch bei ihnen ist und bei ihnen bleiben wird. Es ist der Göttliche Teil des Menschen. Unter seinem Schutz entscheiden Menschen sich zu einer neuen Inkarnation, sie entscheiden sich auch für die Lebensumstände, die sie nach ihrer nächsten Geburt vorfinden wollen. Sie wollen ja ihre Lebens-Korrekturen vornehmen. Dieses neue Leben mag so sein, wie es euch in eurer Welt vertraut ist. Es kann sich aber auch in einer anderen Dimension oder einfach an einem ganz anderen Ort abspielen. Da die Menschen durch das Tal des Vergessens gehen, bevor sie sich neu inkarnieren, wissen sie in der Regel nicht, dass sie sich die Umstände ausgesucht haben, geschweige denn, wieso. Und damit wehren sie sich oft gegen ihr Dasein. Ich hatte dir gesagt, dass das Höhere Selbst den Menschen sehr nahe ist. In seiner Göttlichkeit gehört es eben auch in diese Welt hier. Deshalb findet ein Verstorbener bei seinem Ankommen in unserer Welt auch die Energie seiner Lieben vor, selbst, wenn diese bereits wieder in einem neuen Leben inkarniert sind."

In Katharina arbeitete es. Sie war aufgestanden und schaute angestrengt auf ihre Füße. In ihr war ohne ihr Zutun eine Frage aufgetaucht, von der sie eigentlich die Antwort schon halbwegs wusste und bei der sie nicht ganz sicher war, ob sie sie stellen durfte. Allerdings wusste sie auch, sie würde es sich nie verzeihen, wenn sie diese Frage unterdrücken würde.

Durfte sie? Raphael war von einer dermaßen liebens-würdigen Art, dass sie sich sicher war, dass sie durfte.

# Kapitel 15

Sie merkte nicht, wie Raphael sie liebevoll betrachtete. Als sie wieder aufschaute, lächelte er sie aufmunternd an und sagte: „Du darfst alles fragen, was du willst. Nur kann ich leider manchmal nicht so darauf antworten, wie es für dich befriedigend wäre. Dennoch bitte ich dich, alle Fragen, die dir in den Sinn kommen, zu stellen, auch, wenn du die Antwort schon ahnst."

Sie straffte sich und bemühte sich, ihre Frage klar und deutlich zu stellen: „ Darf ich dorthin gehen, wo die Menschen sind, die gestorben sind? Darf ich meine Oma sehen?"

Raphael klopfte auf den Sitz neben sich. Als sie sich setzte, legte er seinen Arm um ihre Schultern.

Sie wusste, er würde ihr nicht einfach ein Nein sagen, er würde ihr die Dinge erklären, so wie er es seit ihrem Aufenthalt mit allem gemacht hatte.

„Es wäre für beide Seiten nicht gut", hub er an. „Es würden sich wieder Fäden spinnen, die sowohl die Seelen wie auch die Menschen auf eine Art fesseln würden, dass sie ihr Ziel jeweils aus den Augen verlieren würden.

Ich kann dir aber versichern, dass deine Großmutter dir oft sehr nahe ist und dass sich ihre Liebe dir gegenüber noch verstärkt hat.

Mehr kann ich dir nicht sagen. Sie geht den Weg, den sich ihre Seele vorgenommen hat. Eins kann ich dir aber versprechen. Es wird eine Zeit geben, wo du sie, beziehungsweise ihre Energie, wieder triffst."

Katharina fühlte, wie Raphaels Worte sie gleichzeitig traurig und froh machten. Sie verstand, dass er ihr nicht mehr sagen konnte. Es war wieder ein Moment, in dem es keine Worte brauchte, ein Moment, der so erfüllt war, dass nur Stille ihm gerecht wurde.

Zwischen Raphael und Wondra in dieser Umgebung zu sitzen, war schon so etwas wie ein Ankommen.

Es war Wondra, der die Stille dadurch unterbrach, dass er seine Energie veränderte. Für Katharina war es spannend, dies zu beobachten. Ohne, dass irgendjemand etwas sagte, wusste sie, dass ihr Aufenthalt sich seinem Ende näherte. Durfte sie noch etwas fragen? Es hatte mit Wondras Erklärungen zu tun. Fragend blickte sie zum Erzengel auf. Er nickte ihr zu.

„Zu den Engeln habe ich noch eine Frage", setzte Katharina an, zögerte aber dann, weil sie um nichts auf der Welt wollte, dass ihr Schutzengel, den sie im Laufe dieser Stunden innigst in ihr Herz geschlossen hatte, in Raphaels Augen unwissend da stand.

Raphael lächelte und strich Katharina über den Kopf. „Du meinst, dass Wondras Erklärungen, was unsere Engelwelt betrifft, von meinen abweichen?"

Katharina nickte und schielte entschuldigend zu Wondra hin. Wondra lächelte ihr auf die Art zu, von der sie wusste, es war in seinem Sinne, dass sie den Erzengel fragt. Beide, der kleine Engel und Katharina, schauten Raphael aufmerksam an.

Der fuhr in seinen Erklärungen fort: „ Wondra hat sich der Erklärungen bedient, die ein Erdenkind begreifen kann. Er ist in deiner Sphäre so mit dir verwachsen, dass er sich deiner Sichtweise angepasst und die für dich verständlichen Begriffe benutzt hat.

Erst Stufe für Stufe kann ein Menschenkind dazu gebracht werden, ein Ahnen von der Ganzheit unserer Welt und der Ganzheit der gesamten Schöpfung zu bekommen.

Wondra hat genau die richtigen Worte gewählt, wissend, dass uns Erzengeln die Hauptaufklärungsarbeit bleibt."

Erleichtert wandte Katharina sich Wondra zu und sagte nur das eine Wort: „Verzeih".

Sie schämte sich, dass sie an ihrem Schutzengel gezweifelt hatte.

Wondra nahm sie spontan in die Arme: „Katharina, du setzt einen zu hohen Anspruch an dich. Bedenke, du bist ein Erdenkind. Und was du in den letzten Augenblicken hier mitbekommen hast, ist mehr, als einem Sterblichen eigentlich zuzumuten ist."

Katharina lauschte den Worten nach und verstand.

# Kapitel 16

Mit klopfendem Herzen stellte Katharina Raphael die vorletzte Frage, die ihr am Herzen lag: „Du hattest mir von den Stufen erzählt. Nichts stelle ich mir wunderbarer vor, als eure Welt in meinem Gedächtnis zu behalten, also wirklich bewusst zu werden. Wie erreicht man diese höheren Stufen?"

In der folgenden Stille überlegte Katharina atemlos, ob sie jetzt mit ihrer Fragerei zu weit gegangen ist. Raphaels liebevoller Blick zerstreute ihre Bedenken. Er antwortete:

„Es sind Menschen, die andere Menschen lieben ohne die besitzergreifende Art, mit der viele Erdenbürger Liebe verwechseln. Menschen, die allen Geschöpfen zugeneigt sind, und zwar aus vollem Herzen. Sie sehen sich selbst als kleinen, wenn auch wesentlichen, Teil der Göttlichen Schöpfung.

Das Gute daran ist, man kann nicht aus irgendwelchen berechnenden Gedanken oder aus einem Wunschdenken heraus so tun, als ob man so ein liebender Mensch ist. Es ist irgendwann da und wird von echter Demut begleitet, dem inneren, aus dem Herzen kommenden Verneigen vor dem Göttlichen."

Katharina fühlte die Feierlichkeit dieses Momentes. Dennoch lag die eine große Frage in ihrem Herzen, deren Antwort ihr im Augenblick das Wichtigste von der Welt erschien. Sie vermochte sie nur zu flüstern:

„Und wer ist Gott?"

Raphaels Stimme klang wunderschön an ihrem Ohr: „Gott ist alles. Gott bist du, Wondra, ich. Er lebt in uns, und wir leben in ihm. Seine Existenz ist grenzenlos und jenseits von der Zeit. Dennoch bewegt er die Zeit und lebt im kleinsten Teil. Ihn zu erfahren ist ein unverwechselbarer Moment, und das höchste Wissen und das reinste Gefühl, das uns erfüllt."

„Raphael, wie ist es, ihn zu erfahren?"

„Die Gewissheit zu erleben, dass du er bist, und er du, dass wir er sind und er wir, ist von einer solchen Größe, dass es keine Worte gibt, es zu beschreiben."

Katharina spürte, dass sie ihrerseits begann, den Raum auszufüllen. Dennoch empfand sie nicht die Spur einer Angst, so fremd dies Gefühl auch war. Und dann sah sie sich selbst mit den Engeln verschmelzen. Sie fühlte sich eins mit diesen wunderbaren Wesen, war wunschlos glücklich und spürte ihr ganzes Dasein im Augenblick.

Und während Katharina die Augen zufielen, flüsterte Raphael ihr ins Ohr: „Willkommen auf der elften Stufe. Der Schritt zur nächsten Stufe wird sich noch in diesem Leben vorbereiten. Du wirst ein Segen für die Menschheit werden. Und du wirst in deinem Leben weiterhin Gelegenheiten haben, mit vollem Bewusstsein in unsere Welt zu kommen."

Katharina tat einen tiefen Atemzug und ließ sich fallen. Und während sie in einen tiefen Schlaf sank, erhellte ein Lächeln ihr Gesichtchen. Behutsam trug Raphael sie auf seinen Armen zurück in ihre eigene Welt.

# Kapitel 17

Als Katharina in ihrem Bettchen angekommen war, zeigte ein kleiner Lichtfunke die Anwesenheit ihres Schutzengels an.

Katharina rieb sich die Augen. Sie hatte das Gefühl, einen höchst spannenden, wunderschönen Traum gehabt zu haben, nein mehr als einen Traum. Aber je mehr sie über seinen Inhalt nachsann, desto mehr entglitt er ihr. Sie seufzte tief auf und streckte sich. Die Tür öffnete sich leise, und ihre Mutter trat ein. Liebevoll beugte sie sich über Katharina, die sie unter den leicht geöffneten Lidern schläfrig anschaute.

„Haben wir dich geweckt, Kleines?" flüsterte ihre Mutter. Katharina registrierte es nur halb, sie hatte ganz andere Gedanken im Kopf.

Sie richtete sich auf und schaute ihre Mutter eindringlich an.

„ Mama, glaubst du an Engel?" Sie wusste selbst nicht so genau, warum ihr diese Frage und die Antwort darauf so wichtig war. Es schien etwas mit ihrem Traum zu tun zu haben. Die Mutter schaute sie an, ihre Augen schienen größer zu werden und strahlten eine intensive Klarheit aus. „Ich glaube nicht nur an Engel, ich bin überzeugt, dass es sie gibt", erwiderte sie. Katharina war verblüfft von der Sicherheit, mit der ihre Mutter sprach. „Aber wo sind sie?" wisperte sie.

Ein verträumter Ausdruck stahl sich in die Augen ihrer Mutter.

„Überall und ganz nah ", ließ sie sich vernehmen. „Nur sind unsere Augen und unsere übrigen Sinne es nicht gewohnt, etwas außerhalb unserer gewohnten Welt wahrzunehmen. Ich denke, sie gehören einer viel größeren Welt an. Damit haben sie die Möglichkeit, sich uns jederzeit zu nähern, ohne dass wir sie direkt wahrnehmen. Allerdings", fuhr sie fort, „Durch ihr Eingreifen haben wir schon die Chance, sie zu bemerken. Jedenfalls, wenn wir ganz still sind und unsere Aufmerksamkeit auf ihr feines Erscheinen richten."

Staunend schaute Katharina ihre Mutter an. Woher wusste sie das? Es schien ihr plötzlich, als spräche eine ganz andere Person durch ihre Mutter. Sie sah den Glanz in ihren Augen, und sie spürte ihr gegenüber so viel Liebe in sich aufsteigen wie noch nie. Sie schlang die Arme um den Hals der Mutter, und ihre Mutter hielt sie ganz fest. Es war ein ganz stiller Moment, angefüllt mit Liebe. Da nahm sie direkt hinter der linken Schulter ihrer Mutter die schemenhaften Umrisse eines kleinen Engels wahr. Dessen Gesichtchen wurde für einen Moment ganz deutlich. Er kniff ein Auge zu und streckte seinen linken Daumen senkrecht in die Höhe.

Katharina rieb sich die Augen, um noch deutlicher hinzuschauen. Aber das Bild war verschwunden.

Sie kuschelte sich noch mal tief in die Arme ihrer Mutter und gähnte herzhaft. „Kathrinchen, du bist müde". Liebevoll bettete die Mutter sie hin, gab ihr noch einen Gute-Nacht-Kuss und verließ auf Zehenspitzen das Zimmer.

Katharina rollte sich zusammen, und fast schon im Einschlafen stellte sie fest, dass ihre linke Hand ganz fest einen kleinen Gegenstand umschlossen hielt. Sie öffnete ihre Hand leicht und schielte hinein. Da sah sie ein kleines Amulett, in das ganz fein ein Flügelpaar eingraviert war. Oder war es ein Herz?

Sie beschloss, morgen darüber nachzudenken.

Schon heute fand sie, das Leben sei ein Riesenabenteuer, und es lohne sich, sich auf den nächsten Tag zu freuen.

Sie fühlte sich stark und weich zugleich, während der Schlaf sie nun endgültig davon trug.

# Nachwort

Liebe Leserin, lieber Leser,

für Sie und für mich hoffe ich sehr, dass das Büchlein Sie in eine Welt geführt hat, in der Sie ein wenig träumen und vielleicht sogar einen Hauch Kenntnisse erhalten konnten, die in Ihnen das Bedürfnis erwecken, sich der geistigen Welt mehr zu öffnen.

Wenn Sie das Gefühl haben, das gibt es doch alles gar nicht, so kann die jenseitige Welt doch nicht sein, dann bedenken Sie bitte, dass es so viele individuelle Vorstellungen von Transzendenz gibt, wie Menschen existieren.

Dazu kommt, dass Jeder geprägt ist durch Kultur, Glaubensrichtung. Elternhaus und soziales Umfeld.

Unser Wissen ist winzig klein, was dieses Thema betrifft. Aber unterschätzen Sie nicht Ihr seelisches Gefüge, das unabhängig vom Verstand seine eigenen Kreise zieht. Und denken Sie an Ihre nächtlichen Erlebnisse der Traumwelt, deren Bilder und Eindrücke manchmal, falls wir sie überhaupt erinnern, weit über das Tagesgeschehen hinausgehen.

In keinem Thema kann man so kontroverser Meinung sein, wie in dem Thema, das diese Erzählung beinhaltet. Wir wissen, dass ganze Kriege dadurch entstehen, weil Menschen auf ihrer Glaubensrichtung beharren.

Lassen Sie mich mit den Worten Raphaels schließen, der der kleinen Katharina erzählte, wie grenzenlos die Welt ist, wie vielfältig und dennoch wie zusammenhängend:

„Es gibt nichts Falsches in unserer geistigen Vorstellung.

Wenn wir alles zulassen, was über die Grenzen des menschlichen Denkens hinausgeht, liegen wir einigermaßen richtig."

Und wenn wir verstehen, dass Liebe bedeutet, los- und den anderen sein zu lassen, sind wir gewappnet für die nächsten Stufen, selbst, wenn sie nur in unserer Fantasie existieren.

Viel Erfolg beim Entdecken der geistigen Welt wünscht Ihnen Heike Weisser.

# Danksagung

An dieser Stelle möchte ich den Menschen danken, die mich begleitet haben.

Dazu gehören natürlich zuerst einmal die Menschen, die ich im Vorwort erwähnt habe.

Eine Freude machte mir auch meine Freundin Lilo Schmidt, die mit leichter Hand den Engel und das Medaillon skizzierte. Dafür danke ich ihr. Ich hatte sie darum gebeten, und es war mir wichtig, diese beiden Zeichnungen in meinem Büchlein unterzubringen.

Ebenfalls danke ich meiner Freundin Sieglinde Fürstenberg, die mir half, dieses Büchlein für den Druck zu bereiten, indem sie die Formatierung übernahm und sich mit dem Verlag in Verbindung setzte.

Last not least gilt mein Dank Siegfried, meinem Mann, der fast immer mit Geduld meine Ausbildungen und Selbsterfahrungsreisen akzeptierte und Sabine, meiner Tochter, für die es sicher nicht immer leicht war, eine so wissbegierige Mama zu haben. Nach einigen Jahrzehnten sieht es allerdings so aus, als hätte sie diesen Wissensdurst entweder geerbt oder neu erfunden.

Sabine gebührt noch mein besonderer Dank für ihre Ideen und Vorschläge, die beim Korrekturlesen dazu beigetragen haben, der Geschichte an manchen Stellen etwas mehr Klarheit zu verleihen.